お手《て》をどうぞ、ご主《しゅ》人《じん》様《さま》
―冷《れい》血《けつ》騎《き》士《し》は無《む》垢《く》な忠《ちゅう》犬《けん》を愛《あい》しすぎている―

篠《しの》崎《ざき》一《ひと》夜《よ》

ILLUSTRATION：香《こう》坂《さか》透《とおる》

お手をどうぞ、ご主人様
—冷血騎士は無垢な忠犬を愛しすぎている—

LYNX ROMANCE

CONTENTS

お手をどうぞ、ご主人様
—冷血騎士は無垢な忠犬を愛しすぎている—

約束は、小指に宿る。

その意味で、ロアの小指は特別だ。

思い出すのは、甘い温葡萄酒《ホットワイン》の匂《にお》い。同じ香りを間近に感じ、嬉《うれ》しさに息がこぼれた。

もっと深く吸い込みたくて、鼻を鳴らす。ぴす、とちいさな音がもれてしまったが、恥ずかしいと感じるには意識がとろけすぎていた。

仰向けに投げ出した体で、大きなぬくもりへとすり寄る。

臍天《へそてん》と呼ばれるこの姿勢は、あまりに無防備だ。喉《のど》笛も腹部も、急所は全部丸見えになってしまう。

それでも、怖いとは思わなかった。

大きくてあたたかな手に、喉元をくすぐられる。気持ちよくて、声がもれた。

もっと、触ってほしい。

喉だけじゃなくて、胸元や、脇《わき》腹や、体中を撫《な》で回してほしい。

ロアの心を読み取ったように、ごつごつとした手が腰骨を包んだ。あ、と呻《うめ》いた視界に、濃い影が落ちる。

引き締まった体軀《たいく》が作る、大きな影だ。

氷塊のような青い眼が、ロアを覗き込んでいる。

奥歯が鳴ってしまいそうなほど、冷たい色だ。角度によっては、色そのものが失して映《うつ》る。凍てついた空を思わせる双眸《そうぼう》には、どんな感情も混ざらない。

否、この瞬間、そこに滲《にじ》むものがあった。

欲望だ。

冷え冷えと整った容貌《ようぼう》に、ぎらつくその色はあまりにそぐわない。体温のない大理石の彫像だと思っていたものが、突如として血肉を持つ獣へと変じたかのようだ。

事実、目の前の男は鋭い牙《きば》を持つ獣に違いない。頭上の巨軀《きょく》が撒き散らす獰猛《どうもう》な気配に、ぶる、とふるえが込み上げる。同時に、同じだけの甘さが下腹を舐《な》めた。

「あ…、ぁ」

胸郭《きょうかく》をさすった男の手が、シャツに隠れた乳首を押し潰《つぶ》す。びりびりとした快感に、声がもれた。

「ご主人、様…」

気持ちがいい。名前を呼ぼうとする、その舌の先までもがとろけそうだ。呼びかけに応《こた》える代わりに、男が乳首へと口を寄せる。

それを阻《はば》もうとする気持ちは、微塵《みじん》もない。だがそれ以上に、キスがほしかった。

精一杯腕を伸《の》ばして、逞《たくま》しい首筋《くびすじ》に縋《すが》る。しがみつくように引き寄せると、拙い動きに男が笑った。

そんな表情も、作れるのか。驚き目を凝《こ》らそうにも、与えられた口づけに脳味噌が痺《しび》れた。

「んあ…」

深く、舌が絡む。それだけで射精してしまいそうだ。ぞくぞくとした性感に、臍の奥が甘く痺れる。

そして。

「返品だ」

冷淡な声が、厳《おごそ》かに告げた。

そこには、なんの感情も差し挟まれてはいない。迷いのない口吻《こうふん》に、ぐ、と尻尾が畏縮するのが分かった。

「待って下さい…！　ソファで寝ちゃったことは、謝ります」

文字通り尻尾を巻いて、今すぐ長椅子の下にもぐり込んでしまいたい。だがその圧倒的な誘惑に、負けることはできなかった。

「ごめんなさい。寝ぼけて、キスまでしちゃって…」

しかも、結構濃厚なやつだ。つい先程起きた出来事を明瞭な言葉にすると、男の眼光がぎらりと強い光を帯びた。

怖い。

率直に、そう思う。ロアでなくとも、恐れない者などいないだろう。目の前の偉丈夫《いじょうぶ》は、この館《やかた》の主《あるじ》だ。同時に異能の騎士の再来と謳《うた》われる、このルーリグ国屈指の戦士でもあった。

「は、初めての長旅で、なによりご主人にお会いできるのが楽しみで、この一週間、ろくに眠れなかったんです。それに、ここに来るまでに三回も道に迷って…、ようやく辿《たど》り着けたと思ったら、ご主人はご不在で…、使用人さんに案内してもらったこのソファがすごく、すっごく気持ちよくて、いい匂いがして、それで…」

ついうとうとと、寝入ってしまった。

飼い主となる男の館を訪ねた身で、それは取り返しのつかない失態だ。しかも自分は、寝ぼけてキスまで強請《ねだ》った。

余程許しがたかったのか、あんなに甘いキスをくれた男の唇が今は険しく引き結ばれている。

だがそんな表情を作っても、アドルファスの容貌は見惚《みとれ》るほど端整だ。

一際《ひときわ》目を惹《ひ》くのは、やはり凍てつくような双眸だろう。禁欲的な冬の空の色が、男の容貌をより冷淡な、人間味の薄いものに見せていた。

精悍《せいかん》な容貌を縁《ふち》取る金髪もまた、冷ややかな色をしている。こちらは、凍える朝の日差しか。三十歳を過ぎたばかりだと聞く男の顔貌に、それは年齢以上の落ち着きと、けぶるような翳《かげ》りを落としていた。

「それに、勝手ながらチェンジのサービスは受けつけていません…」

「交代じゃない。返品だ」

迷うことなく断言され、ぎゅうっと心臓が痛くなる。

体軀の大きさに見合う男の低音は、直接腹の底に響くかのようだ。ぺったりと倒れている耳を叱咤《しった》して、ロアは強く首を横に振った。

「無理です！　僕は、ご主人にお仕えするためだけに生まれた犬です」

そう、ロアは犬だ。

人間と同じ姿をしているが、頭上には被毛に包まれた耳が、そして尻《しり》にはふさふさとした尾があった。

富を象徴するものは、この世に数多《あまた》存在する。

黄金、宝石、豪奢《ごうしゃ》な邸宅。挙げれば切りはないが、その最たるものの一つが犬だ。

愛玩犬とも呼ばれるそれは、四つ足で走る犬とは異なる。四つ足の犬は神によって、愛玩犬は人の手によって生み出された。

胎《はら》からではない。

博士、時には錬金術師と畏《おそ》れられる者たちによって、耳と尾を持つその生命は創《つく》られたのだ。

「お前って、本当にシュヴァイク博士の作品なの？」

斜め右手から、好奇心を隠さない声が上がる。

先程ロアをこの居間に案内してくれた使用人が、肉桂《シナモン》を添えた紅茶を差し出した。

少し癖のある、黒い髪をした男だ。アドルファスほどではないが、がっしりとした体つきをしている。それでもあまり威圧的に感じないのは、明るい目の色のせいだろうか。人懐っこく輝く双眸が、ロアとロアが携《たずさ》えてきた紹介状とを見比べた。

「はい！　シュヴァイク博士が僕の養父です」

犬は、自分を創造した博士を親、あるいは養い親と呼ぶ。ロアにとっては、シュヴァイク博士がそれだ。

「マジかよすっげーな！　犬ってだけで高級品なのに、シュヴァイク博士んとこの犬なんて王族だって手に入れられねえぜ？」

使用人が、感嘆する通りだ。ロアの養い親であるシュヴァイク博士は、現代におけるエルトールと崇《あが》められている。

エルトールとははるか昔、犬を生み出した伝説の博士だ。

黄金の叡智《えいち》。果てしなく巨《おお》きく、無に近いほど微《ちい》さな世界の理《ことわり》に到達した者。犬以外にも、エルトールは多くの発見や発明を遺した。偉大な博士を讃える言葉は、枚挙に暇《いとま》がない。

エルトールは太古の生物である聖獣の骨を用い、犬を作ったとされる。途方もない話だが、エルトールの功績においてはそれすらほんの一部にすぎない。魔術師と糾弾《きゅうだん》する者もいるエルトール最大の成果は、地中深くに眠る小石から太陽を取り出したことだ。

眩《まばゆ》く輝くそれは、まさに天上に浮かぶ太陽そのものだった。錬金術師たちが追い求めた、現世の富たる黄金とは次元を異にする。

エルトールの太陽は莫大な力を発散しながら、地上で煌々《こうこう》と燃え続けた。エルトール以降の博士たちは、その太陽を制御し、世界の理に組み込むことに心血を注《そそ》いできた。エルトールは多くの文献を遺していたが、それでも残念なことに師の頭脳と技術をそのまま受け継げた者はいない。エルトール以上に太陽を理解し、その真理に肉薄できた者はいないのだ。

犬を生み出す技術も同じだ。これまでに何人もの博士たちが、犬の生産を試みてきた。弟子らが生み出した犬たちは皆うつくしく優秀だったが、それでもエルトールが手がけた個体には遠く及ばない。

近年においてただ一人、エルトールに比肩《ひけん》する博士と讃えられる者、それがロアの養父であるシュヴァイクだ。

　エルトールがそうであったように、シュヴァイクもまた数学者であり、物理学者であり、技術者、発明家、天文学者だった。現代に聖獣を蘇《よみがえ》らせたとまで讃えられるシュヴァイクは、当代随一《ずいいち》の学者として海を越えた国々にまでその名声を轟《とどろ》かせている。

「お父さ…シュヴァイク博士は、自分が決めた相手にしか、犬を託しません」

　多くの博士たちは、貴族や王族の援助を得て研究に取り組んでいる。だがシュヴァイクは、誰にも仕えてはいなかった。浮世を嫌い研究に打ち込むシュヴァイクを、たとえ大国の王であっても意のままにはできないのだ。

「その博士が選んだのが、この犬嫌いで有名な騎士様だってのは、皮肉すぎじゃねえか？」

　アドルファスを見やった使用人が、椅子の一つに腰を下ろす。艶《つや》やかなテーブルを囲む形で、居間には革張りの長椅子が置かれていた。深い焦げ茶色をしたそれらは重厚で、どれもきちんと手入れされている。だが不思議と、あたたかみを感じることはできなかった。

「ご主人は、犬が嫌いなんですか？」

　なんということだ。悲しいが、しかし犬を嫌う者は少なくない。

　人と同じ姿はしているが、所詮犬は犬だ。飛び抜けてうつくしく高価だという以外、四つ足の犬と同様に扱われてしまうことは多い。家族の一員として遇する者もいれば、気紛れに殴る者や、穢《けが》らわしいと石を投げる者もいる。そうされても、金品で売買される犬に抗う術《すべ》はなかった。

ぎゅっと耳を倒したロアに、使用人が大丈夫だと茶器を手に取る。

「安心しろ。こいつは犬をいじめたりはしねえから。だが堅物な騎士様は犬嫌いで通っててな。…ところで、誤解があるかもしれねえから言っとくが、俺はここの使用人じゃねえ。こいつの友人だ」

一人がけの椅子にかけたきり唇を引き結ぶアドルファスを、黒髪の男が示す。ルーリグ一の騎士と誉《ほま》れ高いアドルファスを相手に、随分と気楽な仕種《しぐさ》だ。素直に目を見開いたロアに、使用人だと思っていた男が笑った。

「見ての通り、こいつもシュヴァイク博士同様偏屈《へんくつ》なんでね。時々様子を見に来てやってんだ。俺はヒューゴ、よろしくな」

ぱちんと器用に片目を閉じられ、思わず尻尾が揺れてしまう。この人は、どうやら犬嫌いではなさそうだ。陽気な仕種にほっと息を解《ほど》き、ロアは深々と頭を下げた。

「申し遅れました。僕はアンバーロットと言います。ロアって呼んで下さい」

「お前、銘《めい》入りなのか？」

「シュヴァイク博士のところで育った兄弟は、みんなそうです」

シュヴァイク博士は、犬たちを文字通り我が子同然に可愛《かわい》がってくれた。博士は、今頃どうしているだろうか。自分を送り出してくれた養父の姿を思い出し、ロアはちいさく鼻を鳴らした。

「シュヴァイク博士が手塩にかけた作品つったら国が買えちまう代物だ。犬が好きかどうか別にして、そんな子を突き返すなんて莫迦《ばか》の所業だぜ、アドルファス」

そうだそうだ。騎士を促したヒューゴに、思わずロアこそが深く頷《うなず》きたくなる。

犬は、とにかく高額だ。

彼らを生み出すために必要な技術や費用を思えば、当然だろう。そもそも犬を作る腕を持つ博士自体、決して多くない。シュヴァイク博士の作でなかったとしても、犬は驚くほど高値で取り引きされた。

「構わん。返品だ」

静かに繰り返したアドルファスに、ロアがくしゃりと顔を歪《ゆが》める。

「どうしてですか？　僕の毛色、駄目でしたか…？」

情けない鼻音が、きゅうぅともれてしまう。

ロアの髪の色は、名前の通り少し赤味がかったやわらかな茶色だ。ぴんと立ち上がった耳も尾も、同じ色の被毛に包まれている。

よく焼けたパンみたいで可愛いよ、と兄たちはいつもロアの毛並みを褒《ほ》めてくれた。ふさふさした立派な尾の先端には、少しだけ白い柄が混じっている。毎朝兄たちが入念に櫛《くし》を入れてくれた髪や尾の艶やかさは、ロアの自慢の一つだった。

すらりと均整の取れた体つきや、利発そうな顔立ちもそうだ。シュヴァイク博士が手がけた犬の例にもれることなく、ロアもまたうつくしい容貌に恵まれていた。細い鼻筋は、愛嬌よりも品のよさが勝《まさ》る。それでいて、くるくると表情を変える目は明るい好奇心を滲ませた。

潤《うる》んでしまいそうな琥珀色《こはくいろ》の目を何度も瞬《しばた》かせ、ロアが自身の尻尾を両手で抱える。少し、やりすぎだったかもしれない。だが実際、尻尾を抱えると安心するのだ。

「駄目なわけがあるか」

薄い唇を引き結ぶロアを、冷淡な双眸が睨《ね》めつける。

「だったら…」

自分の見た目が嫌いでなければ、もうこの際それでいいではないか。食い下がったロアに、アドルファスが首を横に振った。

「俺がシュヴァイクに発注したのは、本物の犬だ」

「僕だって、正真正銘本物の犬です」

そう叫ぼうとしたロアの膝《ひざ》に、なにかが当たる。どすん、と重い衝撃を伴って、犬の頭が当たったのだ。

人の姿をした愛玩犬、ではない。四つ足で歩く、動物の犬だ。

いつの間に居間に入ってきたのか。筋肉質な体軀をした闘犬《とうけん》が、もう一度ロアの腿《もも》に鼻面《はなづら》をぶつけた。

「わ…!」

「シュヴァイクの手違いだ。俺が頼んだのは、こいつの相棒になれる犬だ」

アドルファスに顎《あご》で示され、灰色の被毛を持つ犬が尾を振る。

動きは友好的だが、面構えは飼い主同様ひどく厳《いか》つい。がっしりとした顎は、人の喉笛など簡単に食いちぎることができるだろう。ちいさく鋭い目の奥で、聡明な光が瞬《またた》くのがよく分かった。

「犬先輩、初めまして。ロアと言います。ふつつか者ですが、今日から後輩犬としてお世話になります」

どうぞよろしく、お願いします。

床に降りたロアが、礼儀正しく闘犬へと頭を下げる。四つ足の犬であっても愛玩犬であっても、序列は非常に大切だ。ふんふんとロアを嗅《か》いだ四つ足の犬が、許可を与えるよう膝に前脚を置いた。

「…犬はいらんと言ってるのに、お前もシュヴァイクも俺の話を聞かないにもほどがある。…もういい。シュヴァイクには俺から連絡を入れる」

短い息を絞ったアドルファスに、ロアが弾《はじ》かれたように立ち上がる。このままでは本当に、養父の元に送り返されてしまう。そんなのは、絶対に駄目だ。

「待って下さい！　ヒューゴさんが言う通り、僕はシュヴァイク博士が手がけた最高級の犬です。必ずご主人のお役に立ちます…！」

「役、って？」

灰色の犬を引き寄せたヒューゴが、ちら、とアドルファスを伺う。

エルトールが聖獣の骨から犬を生み出したのには、理由があった。

ルーリグの神話において、聖獣は救国の騎士の僕《しもべ》であり守り神とされる。救国の騎士とはその名の通り、国が存亡の機に瀕《ひん》した際に現れる英雄だ。聖なる獣を従えたそれは同時に、全てを焼きつくす災厄の化身でもある。

最悪の禍《わざわい》を以て禍を喰《く》らう、異能の者。荒ぶる騎士は、神話にのみ登場する存在ではない。ルーリグの歴史のなかに、救国の騎士と讃えられる者たちは度々姿を現した。

エルトールが生きた時代もそうだ。終わりの見えない戦火が大陸全土を覆うなか、救国の騎士の再来と崇められる戦士たちが戦場で剣を振るった。

獣同然の勇猛さで駆ける彼らに、単騎で勝る敵はまずいない。だがその制御を欠いた強さには、友軍でさえ追随することができなかった。いかに優れようと、満足な援護や戦略なくしては戦果は限られる。

長い攻防が国を荒廃させるなか、時の王は戦局を打開するための武器の開発をエルトールに求めた。エルトールの手には当時、すでに太陽があったとされる。だがいくつかの理由から、エルトールはそれを戦場で用いることをしなかった。代わりに太陽の力を利用し、完成させたのが犬だ。

絶望が犇《ひし》めく戦場で、犬は一片の躊躇《ちゅうちょ》もなく荒ぶる騎士に従うことができた。主が進めば、並の兵士たちが気圧《けお》される場面でも決して遅れを取らない。

犬が飼い主と定めるのは、ただ一人だけ。一度《ひとたび》主と認めれば、それ以外の者に懐くことはない。無償の忠誠を捧《ささ》げる犬たちは、主人の言葉にのみ服従した。それこそを、悦《よろこ》びとしたのだ。

犬という相棒を得て、騎士の能力が劇的に花開いたことは言うまでもない。身を惜しまない犬たちの献身が、ルーリグを勝利へと導いたのだ。

「ルーリグ一の騎士と名高いご主人の犬として、恥ずかしくない働きをするとお約束します！」

その戦いにおいて、目覚ましい活躍を見せたのがアドルファスだ。

若き騎士として、男は戦局を左右するいくつもの激戦に加わった。

幸いこの三十年近く、大陸全土が脅かされるほどの戦火は吹き荒れていない。だが小規模な衝突や反乱は、常にどこかで繰り返されている。ほんの五年ほど前には、このルーリグも大きな戦禍《せんか》に見舞われた。

「全て過去の話だ。今日は事情があってこんな格好《なり》をしているが、騎士などもうただの肩書きにすぎん」

　肩章を持つ上着を示した男の声は、謙遜《けんそん》と呼ぶにはあまりにも冷淡だ。躊躇のない口吻に、ヒューゴが呆《あき》れたように茶を啜《すす》った。

「ここんとこ、俺たち騎士が出張らなきゃなんねえ争いが少ないのは事実だけどよ。だからってお前の廃業っぷりを、周りが歓迎してるわけじゃねえだろ」

　ヒューゴの小言は、アドルファスには煩《わずら》わしいものであったらしい。氷のような双眸が、じろ、と友人を刺した。

「どうであれ、俺は犬など飼うつもりはない」

「硬ぇこと言うなって。仮にだぜ？　お前が二度と剣を握る気がなかったとして、それが犬を飼わねえ理由にはならないだろ。大昔じゃあるまいし、今は犬を飼えるのは騎士様だけじゃねえんだ」

「その通りです…！」

　ヒューゴの言葉は、全く正しい。

　犬は、戦場で騎士を補佐するために創られた。だがこの現代において、犬を所有できるのは騎士にのみ許された特権ではない。犬を飼うのも必要とするのも、騎士だけに限られないのだ。

「ご覧の通り、僕、夜もすごいんです！　必ず、ご主人のお役に立ってみせます」

　胸を張ったロアに、ぶひょ、となにかが爆《は》ぜる音が重なる。茶を含んだヒューゴが、それを噴き出したのだ。びっくりしてヒューゴを見れば、その右手でアドルファスもまた動きを止めている。

　盛大に噎《む》せている友人を、気遣う様子もない。そもそもヒューゴが撒き散らした飛沫《しぶき》にも、アドルファスは気づいていないのではないか。表情を削ぎ落とした双眸が、ただまじまじとロアを凝視していた。

「大丈夫ですか、ヒューゴさん」

「大丈夫なわけあるか…！」

　怒号で応えられ、ロアが困惑に耳を伏せる。

　どうしてだ。自分はなにか、とんでもない失敗をしたのか。

　いや、そんなことないはずだ。

　犬が、しかもシュヴァイク博士によって生み出され、養育された犬が、夜のあれそれも優れている。

　それは犬の売り文句として、最高に強調されるべき点だろう。

　犬が戦場でのみ活用されていたのは、はるか初期の出来事にすぎない。

　命を預ける兵器にして、相棒。エルトールが創造した犬たちは優れた身体能力を持つと同時に、宝石が如き美貌にも恵まれていた。エルトールに続いた弟子たちも、見目麗しい犬たちを世に送り出したという。過酷な戦場において、彼らが飼い主たちの大きな慰めとなったのは言うまでもない。

　そもそもルーリグの伝説においても、聖獣は荒ぶる騎士を鎮める存在として描かれた。

　異能の騎士は、戦場に立てば人でなくなる。

　自分以外の生命全てを根絶やしにする、殺戮《さつりく》の化身に成り果てるのだ。

　伝説では聖なる獣を得る以前、騎士によって二度、国が滅びかけたという。しかし聖獣が己が身を差し出すと、騎士は三日三晩それと交わり正気を取り戻した。

　騎士は聖なる獣を従えるが、服従する立場にある獣が欠けては不完全な怪物と化す。互いを唯一のものとして、深い信頼で結びつく獣と騎士の関係を、兵士たちは崇高なものとして羨望《せんぼう》した。

犬を従えた、立派な騎士となること。そして、その犬と絶対的な関係を結ぶこと。

戦火が去っても、そうした憧《あこが》れが薄れることはなかった。むしろ歌や物語で讃えられたそれに、貴族たちまでもが熱狂した。

英雄にはなれずとも、金さえ積めば犬を従えることはできるのだ。貴族たちは競うように、稀少な存在である犬を欲しがった。輝く容姿と、従順さ。なにより蜜のように甘い肉体を持つ犬たちが、戦場より寝台でこそもてはやされるようになるまでにさほど時間は必要なかった。

「夜ってなあ、お前…。確かに犬を愛玩目的で飼う輩《やから》は多いぜ？　だからって、子供がそんなこと口にしちゃいかんだろう」

「十七になったので、僕はもう大人です」

言い換えれば十七歳になったからこそ、こうして飼い主の元へと来られたのだ。

胸を張ったロアの頭上で、影が揺れる。音もなく、アドルファスが立ち上がったのだ。

座っていても、背が高い男であることはよく分かる。だが実際立ち上がると、どうだ。聳《そび》える氷山のような男の威圧感に、ロアは思わずぼっと尻尾を膨らませた。

「シュヴァイクの野郎…」

低い唸《うな》りが、アドルファスの歯列からもれる。聞き間違いかと思うほど、それは口汚い罵《ののし》りだ。驚くロアの眼前で、ヒューゴが慌てて男を引き留《と》めた。

「待てって！　落ち着けアドルファス」

「お願いです、ご主人！　ここに置いてもらえるなら、僕、なんでもします！」

「なんでも…ってお前、そういうのはともかく、シュヴァイク博士がこの子を寄越したことには、意味があるはずだぜ？　お前だって、よく分かってんだろ？」

「余計なことだ」

　断じたアドルファスに、ヒューゴが顔を歪ませる。

「そう言うな。博士なりの気遣いだ。あの人、お前の伯父《おじ》だったっけか」

　シュヴァイク博士とアドルファスとが血縁関係にあることは、ロアも兄弟たちに聞かされ知っていた。残念ながら、あまり仲がいいとは言えないらしい。だが甘さのない容貌には、互いに共通する部分があった。

「丁度いいじゃねえか。今度の戦勝式典にはこの子を連れて出ろよ。博士は、そのつもりで寄越したんだろ？」

　戦勝式典という言葉にぴく、と茶色の耳が撥ねる。

　それは半月ほど後に予定されている、大規模な祝典だ。

　先の戦《いくさ》を勝利で終えてから、今年で五年になる。それを祝し、今年はこれまで以上に大規模な催しが予定されているらしい。国を挙げての特別な祝いの場に、ヒューゴはロアを連れて行けと進言してくれているのだ。

「絶対に駄目だ」

　考える素振りも見せず、アドルファスが首を横に振る。その声音にふるえ、ロアはぎゅ、とアドルファスの上着を摑《つか》んだ。

「僕、博士のところでいっぱい、いっぱい勉強しました。ご主人に迷惑はかけません。だから送り返すのだけはやめて下さい」

「もしそうなったら、罰則とかあんのか？」

ヒューゴの問いに、ロアが首を横に振る。

博士も兄弟たちも、厳しくはあるが皆やさしい。仮にロアがアドルファスに拒まれたと知っても、帰って来るなとは言わないだろう。

そんな心配はないです。そう応えようとして、ロアがはっと瞬く。

「どうした。やっぱなんかあんのか」

「……お仕置きは、あるかもしれません……」

出発前、返品の可能性やそうなった場合の対応について、シュヴァイク博士はなにも口にしなかった。お前の主人に足る男でなければいつでも帰ってこいと、そう言ってくれただけだ。ロアが必ずアドルファスに迎え入れられるものと、養父は確信していたのだろう。

シュヴァイクが手がけた犬であれば、当然のことだ。だがもし、それが適《かな》わなかったら。

博士は残念がりながらも、再びロアを迎えてくれるだろう。同時に厳格な養父は、ロアの失敗を看過しないはずだ。飼い主に拒まれたのには、理由がある。ロアがどんな失敗を犯したか、シュヴァイク博士の名前に泥を塗った末っ子を、養父は問《と》い質《ただ》しこってり叱《しか》るに違いない。

「……仕置き？」

ぞっとするほど冷たいアドルファスの声が、短く落ちる。

泣き出したい気持ちで、ロアは首を縦に振った。

「……はい……」

「おい、それってまさか廃……」

廃棄処分、と、ヒューゴは口にしようとしたのか。なんて、恐ろしいことを。慌てて、ロアは首を横に振った。

「違います……！　でも、撲《ぶ》たれると思います。お尻、を……」

思い描くだけで、鼻腔《びくう》の奥がつきんと痛む。

シュヴァイクは普段、犬たちに手を上げたりしない。声を荒らげることさえ稀《まれ》だ。

だが絶対に駄目なことを教える時にだけ、養父は仔犬を膝に載せた。うつぶせに抱えられ縮こまる尻を、大きな手がぺちんと撲つのだ。

「……あ？」

なんですかヒューゴさん。そんなことかと言いたいんですか。だがロアには、一大事だ。廃棄処分は論外として、保護者からの叱責は犬にとってたまらなく恐ろしい。尻を撲たれる痛みは勿論《もちろん》だが、養父を怒らせ失望させた事実を突きつけられるのは、心臓が凍るように辛《つら》かった。

「ひ、膝に載せられて、平手で……」

言葉と一緒に、ぽろぽろと涙がこぼれそうになる。悲しいが、今回はそうされても仕方がない。兄たちとの遊びに夢中になり、興奮した結果博士の書棚に頭から突っ込んでしまった時の比ではないはずだ。

肩をふるわせたロアの視界で、大柄な影が動く。青い眼をぎらつかせたアドルファスが、無言のまま広い歩幅で部屋を出た。

「おい、待てアドルファス！」

引き留めようとしたヒューゴの目の前で、飴《あめ》色の扉が閉まる。

どこへ、行ったのだ。本当に、自分を送り返そうとしているのか。

眼底が熱くなって、涙がこぼれそうになる。養父にお尻を撲たれるのが、怖いわけではない。いや、それはそれで怖いが、そんなこと以上に、アドルファスに突き放される事実が怖かった。

なにが、悪かったんだろう。犬はいらないと、男は言った。今のロアではなく、四つ足の闘犬ならよかったのだろうか。

「落ち着け、ロア。俺からよく…」

涙を堪えるロアを、ヒューゴが宥《なだ》める。その背後で再び、艶やかな扉が開いた。

「アドルファス、お前まさか本当に…」

「連絡をした」

冷ややかな声に、特別な感情は籠《こ》もってはいない。

やはり、送り返されてしまうのだ。ぎゅう、と尻尾を抱えたロアを、氷のような双眸が刺した。

「クソ爺《じじい》は不在らしい」

「え…？」

ひんやりとしたアドルファスの唇には似つかわしくない言葉の汚さにも、その内容にも驚かされる。

どういう、意味だ。瞬いたロアに、アドルファスが低く唸った。

「しばらくは工房に籠もって、出てこない気らしい。伝言は受けるが取り次げないと言われた」

「…シュヴァイク博士は式典を避けて雲隠れしてるから、今は連絡しても無駄…って意味か？」

シュヴァイクが誰の援助も受けず研究を続けられるのは、彼が偉大な博士であると同時に、高位の貴族でもあるからだ。そんなシュヴァイクは、当然国王が主催する戦勝式典にも招かれている。だが誰に求められようと、養父がそんな場所に顔を出すわけはないのだ。式典が終わるまで工房に閉じ籠もり、煩わしい催促を避けようというのだろう。

「多分な」

「そいつは残念だ。でも連絡が取れねえなら仕方ないよな！　博士の了解なしに迎えは呼べねえし、こっちも式典の準備で人手を割《さ》くのは無理だ。一人で放《ほう》り出すわけにいかねえ以上、この子はここに置いてやるしかねえ」

ぱっと顔を輝かせたヒューゴが、言葉ばかりは深刻そうに嘆く。

それって、このままここに置いてもらえるってことですか。戸惑うロアを、アドルファスが氷の色の眼で見下ろした。

「…連絡が、つくまでだ」

低い響きに、ぴくりと耳が撥ねてしまう。分かりやすく手のなかで暴れた尾を、牽制《けんせい》するように青い眼が見た。

「博士に連絡がつくまでは、ここにいていい」

「ありがとうございます……!!」

言葉の終わりを待たず、ロアが文字通り男へと飛《と》びつく。

肉づきこそ薄いが、ロアは決して幼獣なわけではない。そんなロアがどすん、と飛びついても、アドルファスは半歩たりともよろめいたりはしなかった。頑丈《がんじょう》な体の厚みまでもが嬉しくて、思わず鼻面を擦《す》りつける。

「精一杯、心を込めてお仕えします……！」

そのために、ここまで来たのだ。全力で、アドルファスにつくそう。そうすればきっと、アドルファスも思いなおしてロアを手元に置いてくれるかもしれない。

「仕える必要はない。クソじ…博士に連絡がつけば、すぐに帰りの手配をする」

「分かってます！　それまで、よろしくお願いします！」

元気よく返事をして、ぎゅうぎゅうとしがみつく。見上げた男は、やはり彫像のように冷たげで、薬品の匂いがする養父とはまた違う匂いがした。

「僕、ご主人に好きになってもらえるよう、全力で頑張ります！　…取り敢えず、さっきの続き、しますか？」

キスを強請ったことは図々《ずうずう》しかったが、キス自体は上手《うま》くできたはずだ。自分が有能な犬であることを、早急に証明しなければいけない。真顔で尋ねたロアの口を、大きな手が摑んだ。

「するか！」

怒号に、尾の毛が逆立つ。

なんだかまた自分は、失敗してしまったのか。難しい。でも明日からは、もっともっと頑張ろう。

唸る代わりに、ロアは大きく尾を揺らした。


「お待たせしました…！　鴨《かも》の腿肉《ももにく》と、豆と根菜の香草焼きです！　スープとチーズ、蜂蜜《はちみつ》に林檎《りんご》もあります…！」

どん、と熱い皿を食卓へと置く。

甘い鴨の脂の香りが、あたたかな湯気と共に立ち上《のぼ》った。何種類もの香草が擦り込まれた腿肉は、寒い夜にぴったりだ。一度じっくりと脂で炊かれた肉は、ほろほろとやわらかい。それを鉄板で焼くことにより、皮目にはぱりっと香ばしい艶が加わった。

否、加わっているはずだった。

だが実際は、どうか。

真っ白な皿に、べちゃりと茶色い脂の汚れが飛んでいる。肉や根菜を盛る際、手元がふるえたせいだ。あるいは厨房《ちゅうぼう》から食堂へと運ぶまでに、皿を傾けたせいか。

汚れてしまった皿の中央には、骨に絡んだ茶色の塊が堆《うずたか》く盛られていた。

美味《おい》しそうだ。

できることなら、そう思ってもらいたい。だがそれが非常に困難であることは、ロア自身にも分かっていた。

食卓についた青い眼が、皿を、そしてロアを見る。

まだ書類を手にしたままのアドルファスは、顔色一つ変えてはいない。その眼が、もう一度差し出された皿を見た。

ぐちゃァ。

この料理にふさわしい擬態語があるとすれば、まさにそれだ。

ロアの兄の一人、歯に衣《きぬ》着せぬ物言いをするサラマンダーならば、きっとこう言うに違いない。こいつ、本当に鴨肉かよ、と。

そうしたら同じく、年長の兄であるスノウホワイトがこう言うのだ。鴨だよ。肉はちょっと、少なくなってるけど。世話役のオルゴールは、やさしく慰めてくれるはずだ。大丈夫。お肉はちゃんとあるし、きっと足りるよ。それにほら、根菜に、今日はちゃんと火が通ってる。

そうだ。今夜の根菜には、ちゃんと火が通っていた。

火が通りすぎて、鍋の底の方は焦げまくってしまったけれど。それは、鴨肉も同じだ。

幸い、肉を脂で煮る作業までは、館の料理人が終えてくれていた。料理人は三日に一度ほど訪れ、アドルファスのために食事の下準備を終えていく。普段はそれを、使用人の一人が仕上げて給仕するのだ。

今夜はその役目を、ロアが任された。

じっくりと脂で煮た腿肉は、崩れやすい。それを鉄板に移すだけでも、細心の注意が必要だ。塊の大きさに四苦八苦しながら慎重に火にかけたつもりだが、焼き加減に自信が持てず肉をいじったら身が崩れた。その上重い鉄板と弾ける脂に苦戦する間に骨の一部が消し炭になり、挙げ句火柱が上がった。

ロアに髭《ひげ》が生えていたら、間違いなく焦げていただろう。竈《かまど》から飛び散った火の粉で、実際耳の一部はちょっと焼けた。

「今、スープを持ってきます。パンはここに…、って、あれ？」

パンは一足先に、葡萄酒と共に運んだはずだ。

アドルファスが食卓についてから、すでに二度、塔の鐘が時を告げている。予定より早く帰宅できたにも拘《かか》わらず、アドルファスは今夜も仕事を持ち帰る必要があったらしい。食卓についても、男はいくつもの書類に眼を通していた。

高位の貴族であるアドルファスは現在、王都で元老院の要職に就《つ》いている。戦場にあっては悪鬼と畏れられた男が、平時である今は国政の場で辣腕《らつわん》を揮《ふる》うのだ。

随分集中している様子だったが、だからといって長く待たせていい理由にはならない。きっと腹も減っているだろう。

だが改めて食卓を見回しても、置いたはずのパンの姿はない。アドルファスの腹に消えたのではなく、そもそもパンの籠《かご》自体が並んでいないのだ。

「あ…！」

声を上げ、ロアが飛ぶように厨房へと踵《きびす》を返す。

「やっぱり…」

葡萄酒を用意する間、パンをあたためておこうと考えたのが悪かった。竈の端で、忘れられたパンがぷすぷすと不穏な煙を上げている。

「う…」

涙が、込み上げそうだ。

いや、泣きたいのはアドルファスの方だろう。ぶるるっ、と耳が音を立てるほど大きく頭を振って、ロアはたっぷりとスープを注いだ皿を摑んだ。

「ごめんなさい。今からもう一度パンをあたためるので、先に食事を…」

食べていて下さい。

そう告げ、皿を置こうとした足元が縺《もつ》れる。

焦るあまり、食堂の絨毯《じゅうたん》に足を取られたのだ。いけない。咄嗟《とっさ》に、抱えたスープ皿を庇《かば》う。

「痛…」

手をついて体を支えることもできないまま、勢いよく床に叩《たた》きつけられた。否。その苦痛を覚悟した瞬間、がっしりとした手がロアを摑んだ。

頑丈なアドルファスの腕と体軀に支えられ、ロアが大粒の目を瞬かせる。

「っあ…、安心して下さい！　スープは、こぼれてないです！」

はっと我に返り、抱えた皿を確かめる。スープは大きく波打ち皿の縁を汚してはいるが、こぼれてはいない。大きく息をもらしたロアの手から、男が熱い皿を受け取った。

「分かったから、座れ」

促され、茶色い耳がぴくりと揺れる。

アドルファスに命じられると、どんな些細《ささい》なものであれ無視することは難しい。それは、犬の性《さが》だ。

誰に対しても、というわけではない。

魅力《カリスマ》。神の祝福《しゅくふく》、あるいは神の寵愛《ちょうあい》とも呼ばれるそれは、特別な支配力だ。古くは王や貴族、騎士が身に纏《まと》うべき素質の一つと言われてきた。だが現代において、これを人間に発揮できる者は少ない。戦場で兵たちを心酔させてやまないアドルファスが、異能の騎士の再来と呼ばれる所以《ゆえん》の一つだ。

今では主《おも》に、魅力とは主人がその犬に対して持つ影響力を指す。犬にとって、魅力に満ちた主人の指示は絶対だ。決して、逆らえない。それどころか、命じられることに喜びさえ感じた。

無論ロアにとって、アドルファスはまだ正式な主人とは言いがたい。そうだとしても、ロアが犬として仕えたい相手は彼一人なのだ。

「でも、まだパンが…」

「肉も豆もある。二人なら、十分だろう」

食卓に並んだ鴨も豆たちも、確かに量だけは潤沢だ。促され、ロアは迷いながらもアドルファスの膝へと腰を下ろした。

「……なにをしている」

「座りました」

アドルファスの腿は、まるで筋肉の塊だ。がっしりとして、ロアの胴ほどの厚みがある。

たとえ甲冑《かっちゅう》を身に着けていなくとも、この足で蹴《け》り上げられれば一溜《ひとた》まりもないだろう。恐ろしいが、それ以上にひどく心地がよかった。

なんといっても、特別な場所だ。逞しい腿と胸板を間近に感じるだけで、尻尾が揺れてしまう。許されるなら、胸元に鼻面を埋《うず》めて思い切り鼻を鳴らしてしまいたかった。

「俺は向かいの席に座れと言ったんだ」

氷のように光る双眸は、一切の感情も動揺も映してはいない。驚きのあまり、表情さえ失っているのかもしれなかった。

「犬の指定席は、ここです」

ロアの応えに、アドルファスが大きな手で自らの目元を覆う。そのまま頭上を仰がれ、ロアは首を傾《かし》げた。

自分はなにか、おかしなことを言っただろうか。

真っ白な布が敷かれた食卓は、六人がゆったりと囲めそうなほど広い。卓の足元を覗けば、それが獣の脚を模した彫刻で飾られていることが分かるだろう。居間と同様によく手入れされたこの部屋は、客をもてなすための広間とは異なる。夕餉《ゆうげ》であっても、アドルファスは専《もっぱ》らこの私的な食堂を利用した。

それ自体に、驚きはない。だがいくら私的なものとはいえ、男が犬であるロアを同じ食卓につかせることには驚いた。

飼い主の多くは、犬などと食事を共にしたがらない。だがアドルファスは、最初の夜から当然のようにロアを同じ食卓に招いてくれた。それだけでなく、今も目元を覆っていた手を退《の》けると、難しい顔のまま二人分の皿を引き寄せてくれている。

「あ…！　僕がやります」

飛びつくようにナイフに手を伸ばし、ロアは肉を切り分けた。

ほとんど崩れてしまった肉は脆《もろ》く、膝の上で給仕するには難易度が高い。しかしどうにか肉を摑むと、べちゃ、と音を立ててそれが皿に落ちた。

「…焦げているな」

今更、指摘されるまでもない。

ロアが自分のために取り分けた肉は、更に悲惨だ。炭になった部分は、できる限り厨房で取り除いてきたつもりだ。それでもやはり、所々黒い焦げが残っている。その上つけ合わせの根菜も茶色く染まり、ぐちゃりと惨《みじ》めに崩れていた。

「……ごめんなさい…」

力を失った尾が、アドルファスの膝に絡むようにしょんぼりと垂れる。

「そう思うなら、尻を退けろ」

「重いですか？　…ごめんなさい。僕またたくさん、失敗ばかりで…」

また。

そう。また、だ。

これが、初めての失敗ではない。むしろ、連敗続きだ。

この館で目覚めた最初の朝、ロアは暖炉の手入れを手伝おうとして火達磨《ひだるま》になりかけた。使用人から道具を借り、燃え残った灰を集めて回ったまではよかった。だが手にした火搔《か》き棒が炉棚の燭台に当たり、声を上げる間もなくそれが倒れた。転がり落ちようとする燭台に飛びつき間一髪で救ったものの、今度は勢いあまって自分が転倒し、灰諸共盛大に床へと転がったのだ。挙げ句、暖炉でくすぶっていた残り火に尻尾を炙《あぶ》られた。

危なかった。尻尾はともかく、高価な絹の絨毯や床を焦がさずにすんで本当によかった。それでも灰まみれになった部屋の被害は甚大で、使用人たちの手を借り半日がかりで片づける結果となった。

申し訳なさに、思い出すだけで耳が倒れる。しかも、失敗はそれだけに留《とど》まらない。調理人と共にスープを作れば竈が火を噴き、誤って投入した香辛料のせいで試食したヒューゴが床をのたうち回った。厨房に充満した煙で意識を失いかけたことや、卵を拾い集めようとして逃げ出した鶏《にわとり》と中庭を駆け回ったこともある。

最悪だ。シュヴァイク博士の名に恥じないどころか、これでは面汚し以外の何者でもない。鼻腔の奥が鋭く痛み、ロアは懸命に唇を引き結んだ。

厨房での失敗が多いのは、竈の形が養父の台所と大きく異なるせいもあるだろう。だがそんなものが言い訳にならないことくらい、よく分かっていた。

「重くはない」

腿のあたりで動く尾を視線で追いかけ、アドルファスが唸る。ちいさく鼻を鳴らし、ロアは男の膝を降りようと身動《みじろ》いだ。

「ごはん、なにか、他のものを…」

せめて食べられるものを、用意できればよかった。厨房を探したら、干した肉くらいあるかもしれない。厨房へと戻ろうとしたロアを、大きな手が掴んだ。

「いらん。食事に問題はない」

いや、大ありだろう。そうしたロアの反論を待たず、アドルファスが崩れた鴨を口へと運ぶ。

美味いはずがない。じゃりじゃりと、焦げを噛《か》む音が聞こえてきそうだ。だが男は、顔色一つ変えもしない。常と同じ氷のような眼で、なんの躊躇もなく肉を噛み、咀嚼《そしゃく》した。

「問題があるのは、お前の耳だ」

「耳？　ちゃんとご主人の声、聞こえてます」

ぴく、と揺れた耳に両手で触れて、ロアが目を瞠《みは》る。

左耳の先端に、わずかにちりつく感触があった。ぱちんと爆ぜた火の粉が、掠めた場所だ。

「…もしかして、禿《は》げてますか？」

熱いと感じるより先に、ぱたぱたっと耳が撥ねた。お蔭《かげ》で火傷《やけど》にもならなかったはずだが、みっともなく焦げていただろうか。心配したロアに、アドルファスが手を伸ばした。

「少し、毛の先が焼けているな。…こいつを作っていて、やったのか」

無骨な男の指が、被毛に包まれた耳をつまむ。焼けた毛を、確かめる動きだ。それ以外の意図など、なにもない。そのはずなのに、ぶる、とふるえが首筋にまで伝わった。

「か、竈の火を覗いたら、火の粉が跳ねて…。で、でも、大丈夫です…！　料理は、汚してません」

「そんなことは心配していない。痛みは？」

料理に灰や汚れが入らないよう、細心の注意を払ったのは本当だ。だがアドルファスは、そうしたことには関心がないらしい。入念に左耳を確かめられ、ロアが瞬く。

もしかして、自分を気遣ってくれているのか。

肉を焼くはずが自らの毛皮を焼く犬など、呆れられて当然だ。必ずお役に立ちますと豪語した挙げ句がこれなのだから、尚更《なおさら》だろう。だが青い眼には、呆れた色も責める光も滲まない。氷のような双眸を不躾《ぶしつけ》に覗き込んでいた自分に気づき、ロアは我に返ると大きく首を横に振った。

「火傷は、していません。ちょっと焦げただけ、です」

恥ずかしくて、アドルファスが触れた被毛を右手で撫でつける。他にも怪《け》我《が》がないか耳を捲《めく》って確かめた男が、ようやく腕を引いた。

「ここの竈は、癖があるようだからな。明日は朝から料理人が来ることになった。だからお前は厨房に入らなくていい」

「明日は、料理人さんがお休みの日じゃ」

「出てくる日を増やすよう、交渉しているところだ。明日は来られるらしい」

アドルファスほどの身分であれば、従僕は元より館には多くの使用人がいても不思議はなかった。だが館に人が出入りすることを好まないらしい男は、料理人でさえ三日に一度通わせるに留めているのだ。ロアが手伝いを申し出た時、使用人たちが困惑しつつも歓迎してくれたのはそのせいだろう。館は常にうつくしく保たれていたが、人手が潤沢とは言いがたいのだ。

「ごめんなさい。僕がたくさん、失敗してるから…。でも、次こそはちゃんとできるよう、頑張ります…！」

「その必要はない。館のことは、使用人たちに任せておけばいい」

それより、と言葉を継いだアドルファスが、一度静かに瞬いた。

「それより、お前に頼みたいことがある」

頼み事。

思ってもみなかった言葉に、ロアが目を見開く。

この館に来て、今夜でもう三日になる。その間自分にできたことは居間を灰まみれにし、高価な花瓶を割りそうになり、逃がした鶏を中庭で追いかけ回し、厨房に盛大な火柱を立てて被毛を焦がし使用人たちに悲鳴を上げさせたことくらいだ。そんな自分に、アドルファスは新たな役目を与えてくれるというのか。驚きと喜びに、心臓が痛いくらい胸を打った。

「はい…！　なんなりと言って下さい、ご主人！」

ついに。ついに、その時がきたのだ。食事以外の貢献を求められる、その場面が。

ぶん、と尻尾を揺らし、ロアは自分のシャツへと手をかけた。

アドルファスが与えてくれたシャツは、肌触りのよい絹で仕立てられている。品のよい襟元をくつろげようとすると、大きな手がそれを押し止めた。

「ご主人は、自分で脱がせる方が好きですか？」

はっとして首を傾けたロアに、アドルファスが眉間を歪める。まるで、苦い焦げでも噛んだみたいだ。

「脱ぐな…！　そうではなく、俺と、戦勝式典に出席してほしいという話だ」

ぶんぶんと大きく揺れていた尾が、驚きのあまり動きを止める。自分の耳を疑うとは、まさにこのことだ。

「式典って、まさか…」

「ヒューゴが話していただろう。闘技場で開かれる、あれだ」

五年前、ルーリグは大きな犠牲と引き換えに隣国との争いに勝利した。正確には隣国カッセルでの内紛が激化し、その一派が東の国境を越えルーリグに攻め入ったのだ。それだけに留まらず、カッセルを支援する名目で近隣のレヒンまでもがルーリグに向け兵を挙げた。

ルーリグは古くは交易で栄え、大陸でも有数の大学都市を擁してきた歴史ある国だ。土地にも恵まれ、アドルファスの一族が管理してきた領地では質のいい鉱石が採れる。戦火に呑まれた国の東にも、国の発展を支えた古い銀鉱を抱えていた。

苛烈な攻防の末、敵軍に占拠されたこの銀鉱の街テッサを奪取したのが五年前の冬だ。これによって趨勢《すうせい》が決し、ルーリグは結果的に国境を東に押し広げる勝利を手にした。その後も散発的な掃討戦《そうとうせん》は続いたものの、テッサの奪還を以て勝利の記念日とされたのだ。

今年はいつにも増して盛大な式典が予定されており、使用人たちの間でも幾度となく話題に上っていた。

「僕が、ご主人の犬として出席できるんですか!?」

両の耳が、ぴぴんと立ち上がるのも無理はない。

犬は、身分のある者たちにとって宝石や勲章と同じだ。今回のような式典や社交の場に、着飾らせた犬を伴う者は多い。騎士の称号を持つ者にとっては、必須と言ってもよかった。

犬を従えて人前に立つことは、権威ある一人前の騎士の証《あかし》と見なされる。そうしない騎士は余程の変わり者か、犬を飼うことができない貧乏人と嘲笑《ちょうしょう》されるのだ。

今回のように大規模な式典となれば、皆競って犬を従え参加するだろう。

そうした式典に、アドルファスの犬として参加する。それはつまり、アドルファスの犬として認められるということだ。

「勿論、喜んでお供します！」

ロアに、異論があるはずもない。嬉しくて、両手でアドルファスにしがみつく。

「これでようやく、ご主人の犬に…」

アドルファスの、犬になること。

それはロアが、ずっと夢見てきたことだ。

感激のあまりぎゅうぎゅうと鼻面を擦りつけたロアを、しかし男が大きな手で制した。

「落ち着け。ステイだ。…同伴者として参加してもらいたいのは確かだが、俺の正式な犬としてではない」

冷静な声で切り出され、息が詰まる。

逞しい首にしがみついたまま、ロアは琥珀色の瞳《ひとみ》を見開いた。

「どういう意味ですか。正式じゃないって…」

「お前は、シュヴァイク博士の犬だ。犬を持たない俺は、お前をシュヴァイクから借りて同伴させてもらう」

それはこの現状から、なんら変化がないという意味か。

「…僕はご主人と一緒に式典に出ても、ご主人の犬にしてもらえるわけじゃないってこと、ですか」

「あくまでも、俺はシュヴァイクからお前を一時的に借り受けるだけだ」

騎士が犬を迎えるにあたっては、いくつかの手続きが必要とされた。

犬の所有権を示す届け出を、義務づけている国もある。だがそれ以上に重要とされるのが、飼い主から犬へと与えられる首輪だ。飼い主が手ずから首輪を巻く儀式を経て、犬は正式に主人を得る。

これも、救国の騎士が聖獣を得るに至った故事に由来した。

聖獣を従えるには、その首に契約の首輪を巻かなければならない。

聖獣は自らに勝ち、己が手で首輪を巻くことができた戦士にのみ従属するのだ。神話に描かれたアモス王は、部下に命じて聖獣を毒矢で射た。弱らせた聖獣に無理矢理首輪を巻こうとしたが、聖獣は王を許さずその心臓を食い破った。

エルトール博士が生み出した犬たちも、聖獣と同じく真に力のある主にしか従わなかったとされる。そうしたいくつもの逸話が寄り集まり、現在では主人が犬に首輪を巻く儀式を以て主従関係の成立とした。

ロアもアドルファスの犬になれば、当然その手から首輪を授かるものと考えてきた。だが男は首輪を与え、ロアを正式な飼い犬に迎える気などないと言うのだ。

「シュヴァイク博士には、すでに了解を取ってある」

「連絡が、ついたんですか？」

驚きに、尾の毛が逆立つ。

お前をここに置くのは、博士に連絡がつくまでだ。

そう告げた通り、アドルファスはシュヴァイクへの接触を試みてきたのだろう。式典が終わるまで、博士は誰の連絡も取り合わないのではないか。あるいは連絡がついたとしても、事情を知る養父は自分を飼うようアドルファスを説得してくれるかもしれない。そんなロアの期待が打ち砕かれたことを、男の声音《こわね》は物語っていた。

「なんて…、博士は、なんて言ってたんですか？」

「お前を連れて式典に出席することを、許すと。ただし、お前が了承すればだが」

決断はロアに委《ゆだ》ねると、そういう意味か。

アドルファスと式典に出席するならば、役目が終わるまではここにいられる。だが結局は、そこまでだ。式典を待たず、諦《あきら》めて帰りたいならそれを許すと、養父は言うのだろう。

「正直、俺と式典に出席してもお前にはなんの得にもならん。むしろ俺の犬と誤解され、不利益を被《こうむ》る可能性もある。そうなった場合、勿論今後のお前の生活の保障は俺が…」

「行きます！　僕、ご主人と式典に参加します！」

迷うことは、なにもない。

いくら代理とはいえ、式典に同行すれば周囲は当然ロアをアドルファスの犬だと思うだろう。一度誰かの手に渡った犬は、その価値が半減する。シュヴァイク博士が手がけた犬である以上、疵《きず》は浅いかもしれない。だがそうだとしてもアドルファスの犬になれないロアが、式典に同行することは賢い選択とは言いがたかった。

分かっているが、構わない。

他に手段があるなら、きっとアドルファスはこんな頼み事をロアにしないはずだ。困っているアドルファスの役に立てるなら、喜んでそれに応えたかった。

「この場で決める必要はない。よく考えて返事を…」

「大丈夫です！　僕、ご主人と式典に出たいです」

それは、偽りのない本心だ。

アドルファスに同行できるなら、どこだって嬉しい。役に立てるなら、尚更だった。

「シュヴァイク博士はなにがあっても式典みたいな場には出たがらないのに、ご主人はちゃんと出席されるの、すごいです」

世間一般では、逆なのだろう。重要な社交の場に、いかに食い込むか。貴族たちにとって、それは常に重要な問題だ。

だが養父と同じように、アドルファスにとってもそうしたつき合いは煩わしいものなのだろう。そうだとしても、王都で国政に関わる立場では避けては通れないのだ。

「どうあっても今回は、出席する以外になくてな」

苦々しさが、声に滲む。

すまない、と謝罪を口にしようとした男に、ロアは大きく首を横に振った。

「任せて下さい！　全力で頑張ります」

なんとしても、絶対に。ぎゅ、と強く両手を握ったロアに、アドルファスが短い息を絞った。

「…式典が終わったら迎えを寄越すように、シュヴァイクには伝えておく。それまで、客人としてくつろいでくれ」

アドルファスの言葉は、ロアを甘くとろけさせることもできれば、簡単に打ちのめすこともできる。

博士からの迎え。

式典が終われば、本当にそれが来てしまうのだ。尻尾を巻いて、仔犬のように吠えられたらどんなにいいだろう。男の体温を間近に感じながら、ロアは薄い唇を嚙んだ。

「…ありがとうございます」

この数日の自分の働きを思えば、当然のことかもしれない。

むしろやむにやまれぬ事情があったとしても、アドルファスが自分を式典に連れて出る決断をしたことこそが驚きなのだ。

機会をもらえたことに、感謝しなければ。気持ちを切り替えようと、ぶるぶるっと首を振る。

「お前に、非はない」

笑顔を作ってみせたつもりでも、項垂《うなだ》れた尻尾の形は隠せない。ぺたんと倒れてしまった耳も同じだ。低い男の声音に、つきんと尖った痛みが眼底を刺した。

「お前だからここに置けないわけじゃない。犬は飼わないと、決めているだけだ」

どうして、ですか。

込み上げた問いを呑《の》み下す。

慰めというより、それはただ事実を告げるためのものだったかもしれない。だが本来であれば、アドルファスには犬に対し事情を説明しなければいけない義務はないのだ。それにも拘わらず、言葉を選んでくれようとする男に鼻が鳴った。

「僕、頑張ります」

それ以外、ロアにできることはないのだ。

倒れたままの耳を、節の高い指がつまむ。もう一度、焦げた毛を確かめようとしたのか。あるいはアドルファス自身、なにか目的のある動きではなかったのかもしれない。

「頑張って、少しでもご主人のお役に立てるよう努めるとお約束します」

厳つい指の腹が、耳の内側を撫でる。そのぬくもりに、ぴす、とちいさく鼻が鳴った。

式典まで、残るは十日。

ぎゅっと両手を握り締め、ロアは自分を鼓舞《こぶ》する言葉を繰り返した。


犬は、義理堅い生き物だ。

どんなちいさな仔犬だって、主人との約束を疎《おろそ》かになどしない。たとえそれが、小指に宿ったものでなくてもだ。

「…ここに、鉄の串を刺して、肉を銅鍋《あかなべ》に…」

書き出した手順を、声に出して確認する。

肉の焼けるいい匂いが、厨房に広がった。今日はかなり、いい感じだ。ごく、と緊張に喉が鳴る。炉《ろ》の中央に掲げられた肉塊へと、ロアは慎重に鉄の串を差し込んだ。

「奥まで、しっかり…」

力を込めた途端、よく焼けた肉の皮が弾ける。あふれた脂が炭に落ちて、ぼふん、と火の手が上がった。

「わ…っ」

炎の塊が熱気を纏って、鼻先を掠《かす》める。きゃいいん、と響いた情けない声を、調理人に聞かれなかったのは幸いだ。

「と、とにかく、鍋に…」

したたり続ける肉汁のせいで、炎に続いて煙が上がる。げふげふと咳《せ》き込《こ》みながら、ロアはどうにか鍋へと肉を落とし込んだ。

どちゃり、と重くて不穏な音が鳴る。勢いのまま、鍋を床に転がさなかったのは幸いだ。まだ煙を上げ続ける炭に灰をかけ、動揺のまま大きく尾を揺らす。

「…っ、き、今日は焦がさなかったです。……そんなには…」

確かに鍋のなかの肉は、消し炭にはなっていない。ロアの毛色より濃く色づき、所々黒い焼き色を纏っているだけだ。

だが、その姿はどうか。

見栄えよく整えられていたはずの皮からは骨が飛び出し、一部は肉が剝《は》がれ落ちている。ぐちゃりと鍋底に落ちた様子は、世辞にも食欲をそそるとは言いがたい。加えて、厨房にはまだ濛々《もうもう》と煙が充満していた。

駄目だ。駄目すぎる。

駄目なことも問題だが、それがなかなか改善していない点が一番駄目だ。

泣きたい気持ちが込み上げて、汚れた手で顔をこする。

だが全く以て、泣いている場合ではない。頑張ると約束したのだ。約束したからには、もっともっと頑張らなくては。

アドルファスと共に戦勝式典に出ると決めたのは、もう三日も前のことだ。飼い犬ではなく客人として、館に留まるといい。だから調理にせよ掃除にせよ、使用人たちを手伝う必要はないのだ。

アドルファスはそう言ってくれたが、日がな一日中庭で日向《ひなた》ぼっこをしてすごすことはできなかった。

いや、使用人たちはロアが快適にすごせるよう、たくさん心を砕いてくれている。

中庭に面した窓際へと寝椅子《いす》を動かし、ふかふかのクッションや飲み物を用意してくれた。ロアのためのブラシを新調し、尻尾の手入れに気を配ってくれたりもしている。だがその厚意に甘え、式典までの時間を空費するなどとてもできなかった。

このまま時間がすぎてしまえば、それで終わりなのだ。

「っ…」

頑張るぞ。ぱん、と自らの顔を打ったロアに、なにかがぶつかる。あたたかな熱の感触が膝に当たり、ロアは大粒の目を瞬かせた。

「セブ先輩」

見下ろせば、大きな四つ足の犬が尾を振っている。

相変わらず、灰色の面構えは熊のように厳つい。だが気遣わしげに鼻を鳴らされ、ロアは膝を折った。

「見回り、お疲れ様です。夕方の巡回には、今日もまたご一緒させて下さい」

アドルファスの愛犬であるセブは、非常に賢い。その上、群《むれ》の新入りに対しとても親切だ。ロアが到着した最初の夜から、セブは屋敷の案内を買って出てくれた。それだけでなく巡回に同行させてくれるなど、屋敷の警邏《けいら》を指導してくれることもある。

セブは昼夜を問わず不審な気配に敏感で、暖炉の前でくつろいでいてさえちいさな物音にも警戒を怠《おこた》らなかった。いつも影のように邸内を見回る様子は、まさに番犬の鑑《かがみ》だ。

「お肉、食べますか？　今日は少し多めに、分けてもらえました」

尋ねたロアに、でかしたとばかりにセブが吠える。

食事の残り物に加え、先程調理の途中で出た鶏の屑肉《くずにく》を炊いておいたのだ。肉の脂と煤《すす》で汚れた指を拭《ぬぐ》い、ロアはセブのための鉢を手に取った。

「セブ先輩は、今日も格好いいですね」

灰色の毛並みは、まるで天鵞絨《ビロード》のようだ。光の角度によっては、磨き上げられた金属のようにも見える。その首元で、銀色の飾《かざり》が揺れていた。

「メダルも、すっごく似合ってます」

親指の爪ほどのそれは、銀細工なのだろう。咆哮《ほうこう》する狼の図案が、緻密《ちみつ》に彫り上げられていた。狼は、アドルファスの紋章にも用いられている。白銀の毛並みを持つそれを意匠に使用できるのは、ルーリグの貴族でも特に功績が認められた者だけだ。

「……よく見るとこのメダル、本当にすごいですね。さすがセブ先輩。半端じゃないです」

四つ足の犬と飼い主の間には、ロアたち愛玩犬とその主が交わすような儀式は存在しない。だがアドルファスは高価な愛玩犬を遇するように、この立派な飾《かざり》が下がる首輪をセブに贈ったのだろう。

「正直、のたうち回りたいくらい嫉妬《しっと》です」

ぐぬぬぬ、と唸りながら、ロアは白い鉢へと肉を盛った。羨ましさは消しようがないが、同時にセブへの敬意も本物だ。いつも以上に気前よく肉を盛ると、セブが満足そうに尾を振った。

聡明で勇敢なこの番犬が、アドルファスから大切にされるのは当然のことだ。

その主である男はといえばこの二日、ほとんど館に戻ってきていなかった。

理由は、様々あるだろう。アドルファスは、大変忙しい男だ。

広い領地を持つ貴族にして、王都では元老院の要職も務めている。

シュヴァイク博士から聞いた話によれば、隣国カッセルとの戦が終わった後、アドルファスは領地に戻り、その管理に専念することを望んだらしい。だが王都では、アドルファスを必要とする声が大きかった。最大の理由は、ルーリグ国王であったヨーゼフが先の戦で大怪我を負ったことにある。

一命は取り留めたものの、この怪我が元でヨーゼフ王は退位を決めた。まだ年若かった第一王子、トマスが王位を継ぐにあたり、王子の剣の指南役で、元老院議員でもあったアドルファスに王都に残るよう厳命が下ったのだ。

貴族からなるルーリグの元老院は、伝統的に国王に比肩する権力を持った。元老院が承認しなければ、何者であろうと王位には就けない。それどころか、議会は王を選出する権限さえ持つのだ。

戦火で疲弊したルーリグが、若いトマス王の元でも復興を遂げられるように。先の戦いの英雄であり、トマス王が兄と慕うアドルファスは、元老院と王家の橋渡しには適任だ。国政の安定のためには欠くことのできない人物として、今日に至るまで王都に身を置くよう求められ続けてきた。

領地に戻れないだけでなく、年を追うごとにアドルファスの肩書きは重さを増しているらしい。今回のように盛大な式典を前にして、きっと目の回るような毎日をすごしているのだろう。

「来賓《らいひん》のすり合わせや、宿泊先の警備の確認とか、とにかくご主人は忙しいそうです」

昨日館を訪ねてくれたヒューゴからも、そう聞かされている。

深い息を吐き、ロアは鉢の傍《かたわ》らへと蹲《うずくま》った。その眉間に、ぺちょ、とぬれた番犬の鼻が当たる。

どうかしたのかと、尋ねてくれているのか。あっという間に骨ごと肉を平らげたセブが、満足そうに自らの口元を舐《な》めた。

ヒューゴが言う通り、アドルファスが忙しいのは本当のことだろう。あまりの多忙さに、いかに屈強な男といえど体調を崩さないか心配になるほどだ。同時に、一つの疑念があった。

「……忙しいのは確かですが、僕、避けられてる気がします」

昨日は議会が長引き、アドルファスはそのまま外泊したらしい。一昨日は重鎮の一人に呼び出され、やはり帰宅しなかった。

きっとどちらも、嘘《うそ》ではない。だがこの二日まともにアドルファスに会えていないのは、それだけの理由とは思えなかった。

「ピンチです。もう、式典まで日がありません」

数えれば、残りの日数はロアの両手の指で足りてしまう。

その時間を使い切れば、自分は間違いなくここを去らなければいけない。残された猶予は短いのに、肝心のアドルファスに会えないのだ。

しょんぼりと項垂れたロアの頬《ほお》を、あたたかな舌がべろりと舐める。新入りを気遣い鼻を鳴らした番犬が、ロアの肩口へと首筋を押しつけた。

「痒《かゆ》いんですか？」

首を傾げたロアに、ぶるるっ、とセブが巨体を揺らす。そのまま、番犬が自分の首を後ろ脚で掻いた。

「先輩？」

驚き、止めようとするロアに構わず、セブが乱暴な力で首輪を引っ掻く。

どうやら、痒みがあるわけではないらしい。力ずくで首輪を外そうとする動きに、ロアは慌てて両手を伸ばした。

「も、もしかしてメダル、くれようとしてますか？」

厚い革と金属でできた首輪は、頑丈だ。いくらセブの力が強くとも、簡単にはちぎれまい。必死に太い首にしがみつくが、離せと言わんばかりに体を揺すられる。縺れるまま背中から床に落ちて、ロアはちいさな声を上げた。

「痛っ…」

煉瓦《れんが》敷きの床で、不覚にも肘《ひじ》をぶつけたらしい。呻いたロアに、セブがはっと動きを止めた。

「大丈夫です。…セブ先輩は、やさしいですね」

心配そうに鼻を鳴らしたセブに、床に転がったまま手を伸ばす。

本当に、セブはやさしい。ロアがこっそり、肉を貢ぐからだけではないだろう。がっしりとした顔に触れると、ぬれた舌が心配そうにそれを舐めた。

「メダルは、先輩がご主人から贈られた大事なものです。先輩の気持ちは嬉しいですが、これは絶対受け取れないです」

その代わり、と、ロアが灰色の犬を見上げる。

「その代わり、僕もご主人から自分の首輪をもらえるよう、全力で頑張ります」

そうだ。絶対に、諦めない。

文字通り、自分はそのために生まれたのだ。

「ご主人の犬になれれば、先輩ともずっと一緒にいられます」

わふ、とセブが大きく応える。

それは、とても楽しい想像だ。新入りを守ろうとしてくれるセブのためにも、嘆くより先に努力しなくては。べろ、とぬれた舌で顔を舐められ、ロアはそのあたたかさとくすぐったさに声を上げた。

「心配ご無用です、先輩。僕、ちゃんと分かってます。ご主人が本当はやさしい方だって」

疑り深そうに、番犬が後ろ脚を踏み鳴らす。その様子がおかしくて、ロアは秘密を告白するように声を落とした。

「本当です。だってご主人は初めて会った時、僕に…」

言葉が終わるのを待たず、セブがぴたりと動きを止める。

瞬間、総毛立つような気配を感じ、ロアもまた飛び起きようとした。

「…ご主、人」

厨房の入り口に、大柄な人影がある。

まるで骨まで凍えさせる氷塊のように、それは冷ややかに目に映った。

「お帰りなさい…！　全然、気づかなかったです」

昨夜に引き続き、今日も帰らないのではと心配していた。驚きと喜びに、ぱっとロアが立ち上がる。

それはセブも同じだ。だが勤勉なセブは、主人の帰りに気づかないまま、厨房で間食にありついている現場を見咎《とが》められたと思ったのか。悪事が露見したかのようにロアの上から飛び退き、そわそわと目を逸《そ》らした。

「今日はもう、お仕事終わりですか？　なにか食べるものを用意しますか？」

結局料理人は急な願いに応じきれず、三日に一日は休みを取っている。それでも先程焼いていた肉なら、どうにか用意できるはずだ。竈へと向かおうとしたロアを、アドルファスが制した。

「必要ない。これから、もう一度出かける」

「今からですか？」

たった今、戻ったばかりではないのか。驚くロアを、アドルファスが厨房から出るよう促した。

「夜には戻る予定だが、いくつか片づけなければいけない用件がある。食事の心配は必要ないから、お前は早く休んでいろ」

ぺしょんと倒れてしまった耳の形が、気になったのか。ロアを促そうと背に伸びた男の手が、動きを止めた。そっと被毛に包まれた耳をつままれ、ロアが首を傾げる。

「…ご主人？」

また、毛が焦げていただろうか。

不安に手で探ったロアを見下ろし、アドルファスが二度瞬く。琥珀色の瞳と己の指とを見比べた男が、表情を変えないままセブへと顎をしゃくった。

「なにかあれば、従僕たちに言《こと》づけろ」

気配を消して伏せていた番犬が、渋々といった様子で立ち上がる。その目が一度だけロアを見上げたが、アドルファスは振り返りもしない。足取りの重い犬を従えた男を、ロアはなす術もなく見送った。

暗がりが好きかと聞かれたら、否と応える。

怖い、わけじゃない。好きではないだけだ。

風がうるさく吠える夜は、尻尾が倍ほども重くなる。きっとあの夜に、似ているからだ。

あの、夜。

ロアの体が、今よりずっとちいさかった頃のことだ。風が騒いで、部屋の隅では夜の影が蠢《うごめ》いていた。ちいさなロアは寝台の下に隠れようとしたが、駄目だった。伸びてきた影に首を摑まれ、引《ひ》き摺《ず》られ、攫《さら》われた。

蹴ったり嚙みついたりしたけれど、所詮は幼獣の爪と牙だ。頭から影に呑み込まれて、一度世界は真っ暗になった。


朝がきて再び養父の腕に抱かれた後も、この記憶はロアの内側に焼きついている。消えてほしいと、思ったことはない。それは大切な約束と、表裏一体だからだ。

だけどやっぱり、暗がりは好きじゃない。脚の間にしっかりと尻尾を挟んで、頭から寝具を被ってしまいたくなる。

今だってそうだ。厚みのある毛皮にもふんともぐり込んで、両手で尻尾を抱える。ちいさく丸まって鼻面を隠すと、あたたかさに体の芯《しん》がとろけた。なにより、この匂い。

そう、匂いだ。

乾いた肌の匂いには、夜を焦がす松明《たいまつ》や、雪にしなる針葉樹の葉のような苦さが混じる。甘さのない、だけど懐かしい匂いだ。

「っ…」

もっと深く吸い込もうとして、ロアはとろけかけた自らの意識を自覚した。

いけないいけないいけない。ここで眠っては、駄目だ。思わず首を横に振ると、ぱたぱたっと両の耳が乾いた音を立てた。それをひどく大きな音に感じて、息を詰める。慎重に身動ぐと、鼻先でなにかが瞬いた。

氷のように冷たい、青い眼だ。

「…なにをしている」

低く問われ、背筋が凍る。悲鳴ではなく、ちゃんとした声が出たのは幸いだ。

「夜這《ば》いに、来ました…！」

あれ。本当は、夜食をお持ちしましたとか、そう言う予定じゃなかったかな。

入念に計画を立てたはずなのに、秘匿《ひとく》すべき一番の重要事項がつい口を突いて出た。

尤《もっと》もどんな言い訳を並べようと、ロアの体勢が率直な言葉を肯定している。

長椅子で仮眠を取っていたアドルファスの、体の上だ。

裸で長椅子に乗り上げ、ロアは頑丈な体軀に馬乗りになっていた。

アドルファスは昼間に厨房で聞いた通り、今夜はどうにか館へと戻れたらしい。だがそのまま自室へと直行し、食事も取らずに仕事を続けていたのだ。

書き物机にも、横になっていた長椅子の周りにも、書類や図面やらが積み上げられている。余程根を詰めて、それらに向き合っていたのだろう。着替える手間も惜しんで、アドルファスはほんの短い時間だけ椅子で体を休めていたらしい。

「ご主人はどうぞそのまま、寝てて下さい。大丈夫です」

胸を張り、男のシャツに手をかける。

湯浴みもすませていないアドルファスは、いまだ上着を脱いだだけの姿だ。上衣の裾《すそ》をずるっと引っ張り出すと、平らな腹が覗いた。

鍛えられた腹筋の見事さに、思わず声がもれそうになる。さすが、ルーリグ一の騎士と讃えられる男の肉体だ。引き締まった腹部に掌《てのひら》で触れ、ロアは躊躇なく黒い下衣にまで手をかけた。

「…おい、そこまでだ」

唸りと共に、首根っこを摑まれる。

四つ足の犬っころを、制するのと同じだ。仔犬ほど軽くないロアの体は、無論それしきで持ち上げられたりはしない。尤もアドルファスが本気を出せば、ロアなどなんの苦もなく投げ飛ばされてしまうだろう。

「まだ、始まってないです」

「始めるなと言っている」

冷淡極まりない男の声に、不満を示して尻尾が揺れた。

「大丈夫です。怖がらないで下さい」

「…そいつは無理だ。大体お前、どうやって入ってきた？」

眉間に険しい皺《しわ》を刻み、アドルファスが部屋の入り口へと眼を向ける。

男の自室は、広い二間続きだ。アドルファスが休んでいた書斎の奥には、立派な寝台が置かれた寝室がある。二つの部屋は弧形《アーチ》を持つ飾り柱で仕切られるだけで、扉はない。私室の入り口には扉があるが、そこに鍵《かぎ》はかかっていなかった。

「今すぐ降りて、部屋に戻れ」

容赦のない指示に、ぐ、と耳が倒れる。命じられるまま、すごすごと床に下りてしまえれば楽だろう。だが頑丈な腿から動かず、ロアは意を決してアドルファスの下衣を下ろそうとした。

「嫌です」

「莫迦な真似《まね》はやめろと言っている」

「なんでですか？　僕、本当に夜はすごいんですよ…!?」

そう、すごいのだ。

厨房で文字通り炎上しかけたり、居間を灰まみれにした失敗の数々をなかったことにはできない。

だが、犬の真価とはなにか。それは、まさにこれだ。

シュヴァイク博士の名に恥じない、犬であること。なにより、アドルファスが飼うに足る犬であること。それを証明しさえすれば、きっとご主人も気持ちを変えてくれるのではないか。

いや、変えさせなくてはいけない。

役に立たない駄目な犬と思われたまま、二度とアドルファスに会えなくなることだけは絶対に嫌だった。

「疑ってるんですか？」

深々と息を絞った男に、ロアがむっと唇を引き結ぶ。硬い下腹に手を置いて、ロアは氷のような双眸を覗き込んだ。

「本当は、ご主人も知りたいでしょう？　僕の、実力」

するりと、掌全体を使って腹筋の形を辿る。

挑発は、有効な手段だ。ちゃんと学んで、知っている。ふふ、と薄い唇の端を吊り上げて見せると、アドルファスが嚙み締めた歯の隙間《すきま》から低く唸った。

「疑ってはいない。むしろ確信している」

それは、よかったです。頷こうとしたロアに、男が苦すぎる息をもらした。

「大惨事が起こる、確信をな」

「…なっ」

どういう、意味か。

驚きのあまり、ばしん、と、音を立てて尾がアドルファスの腿を撲つ。同時に摑んでいた男の着衣が、下着ごとずるりと下がった。

ロアが散々引っ張ったせいで、それはすでに腰骨近くまでずり下がっていたのだ。更に大きく引き下ろされ、着衣の奥から、ぶるん、と重い肉がこぼれた。

「…なッッ！」

目を剝《む》くとは、このことだ。

なんですか、これ。

こぼれ出た肉が陰茎《いんけい》であることは、明らかだ。問題は、そこではない。

大きすぎです。と言うか、大きすぎにもほどがあります。

ロアが知る知識では、男性の陰茎は非勃起時で恥骨から亀頭《きとう》までが女性の人差し指一本程度、長くても精々二本分であるはずだ。勃起時は当然大きくなるが、それでも女性の指関節一つ分の長さが加わるかどうかだと本には書かれていた。

　だが今目の前にある肉は、どうだ。非勃起時であると推測するが、一般的な勃起時の大きさを優に超えているではないか。

　もしや、もうすでに勃起しているということはあり得るだろうか。そうだとしても、やはり大きすぎる。その上形もすごい。

　肌の色よりも暗い色をした陰茎の先には、ごろりとした亀頭が見て取れた。大人の男の形をしたそれは、ロアのものとはまるで様相が違う。

「…あ…」

　ひょっとしたらこの瞬間、自分の被毛は猫みたいに逆立ってしまっていたかもしれない。あるいは、完全に尻尾が巻いていたか。どちらにしても、ロアはその太い肉から目を逸らすことができなかった。

「…分かったら、部屋に戻って寝ろ。お前が、こんなことをする必要はない」

　ぽかんと口を開いたままふるえるロアに代わり、アドルファスが自らの下衣を引き上げる。陰茎が下衣の下に隠されても、すぐには動けない。掌に冷や汗を滲ませて股座《またぐら》を凝視していたロアが、ようやく我に返って首を横に振った。

「あ、あります…！　必要」

　目にはまだ、あの恐ろしい形をした陰茎が焼きついている。だが、それでも夜這いに訪れるには十分な理由がロアにはあるのだ。

「ご主人も、ご存知のはずです。僕らは、飼い主を真実の愛で満たす運命の存在です」

精一杯、アドルファスの腹の上で胸を張る。ふざけているわけでも、冗談でもない。

あなたを真実の愛で満たす、唯一無二の運命。

それは愛玩犬の売買で名を馳《は》せた商人、ファリャの有名な口上だ。

陳腐《ちんぷ》すぎると騎士たちが眉《まゆ》をひそめたそれは、しかし犬を買うことができない庶民には大流行した。

陳腐であるからこそ、人々は熱狂したのかもしれない。ロア自身にとっては、陳腐どころか揺ぎない真理だ。

だがアドルファスには、違うらしい。眉間の皺を更に深くした男が、それこそ獣のように唸った。

「何度も言うが、お前を犬として迎えるつもりはない」

冷ややかな声は、刃《やいば》も同然だ。堪えようにも、ぐ、と耳が強張《こわば》ってしまう。

「…確かに、セブ先輩には及びませんが、お役に立てるよう頑張りますから…」

「頑張る必要はない」

怒鳴られ、あるいは舌打ちでも混ぜてくれていたら、まだ望みを抱けたかもしれない。だが取りつく島のない声に、尾がふるえた。

「でも、僕はご主人にお仕えするために…」

そのために、生まれたのだ。

言葉の続きは、男にも十分理解できたのだろう。肘で体を起こしたアドルファスが、ロアの二の腕を摑んだ。確かめるように掌でさすられ、男の体温を火のように熱く感じる。

「分かっている。そうやって作られるのが、お前たちだ」

鼻腔の奥が、冷たく痛む。

そこに、非難の響きはない。ただ動かしがたい事実が、あるだけだ。

「違います！　僕は…！」

訴えようとした言葉が、くしゃんと爆ぜる。二度、大きなくしゃみが込み上げて、ロアはアドルファスの腹の上で体を揺らした。

「な…」

こんな時に限って、なんてことだ。しかも結構、変なくしゃみが出た。慌てて口を押さえたロアの視界が、ぐらりと揺らぐ。痩《や》せた体を腹に乗せたまま、アドルファスが上体を起こしたのだ。

「そんな格好でうろうろするからだ」

夜這いに挑むのに、厚着をしてくるほどロアは愚かではない。今夜も底冷えがしたが、唯一身に着けてきた絹の寝間着は長椅子に登る際に脱いでしまっている。尻尾を足に巻きつけているとあたたかいし、緊張で寒さなどすっかり忘れていた。

「…ごめんなさい。ご主人が自分で脱がす方が興奮する方だってこと、ちょっと忘れてました」

ずぴんと鼻を鳴らしながらも、悔やまずにはいられない。飼い主の嗜好《しこう》を把握しそこねるとは、痛恨だ。諦めを知らないロアの姿勢に、アドルファスがぎり、と奥歯を噛んだ。

「違うと言っているだろう！　クソ、…あのスケベジジィ、一体どんな教育してやがるんだ」

汚すぎる罵りに、びっくりする。厳格なアドルファスの口からもれたものとは、とても思えない。

ぴんと耳を立てたロアに構わず、男が舌打ちと共に立ち上がった。

「わ…」

馬乗りになった犬の重みなど、ものの数ではないのか。呆気《あっけ》なく抱えられ、ロアは目の前の頭へと齧《かじ》りついた。

「風邪を引かせるわけにはいかん。火に当たれ」

半歩で暖炉まで運ばれ、思わず男の体をよじ登ろうとする。暖炉の前に降ろすと見せかけて、本当は部屋からつまみ出すのではないのか。だが難なく獣の皮が敷かれた床へと下ろされ、ロアは大きく目を瞬かせた。

ロアの疑り深さをよそに、男が床に落ちていた寝間着を拾って寄越す。

「…どうした？」

押し黙ってしまったロアを、訝《いぶか》しんだのか。火種を起こしたアドルファスが、肩越しに振り返った。

「…ご主人はどうして、使用人さんをたくさん置かないんですか？」

暖炉を見上げたロアの視線に、アドルファスはすぐに気づいたらしい。ロアが寝間着に袖を通すのを確かめ、男が暖炉へと薪《まき》を焼《く》べた。

「不自由があるか？」

ロアのために使用人を増やそうにも、館への出入りを許すに足る者を一朝一夕には揃《そろ》えがたい。料理人を始め、屋敷内の人手は常に多すぎるとは言えなかった。

「違います。…ただ、ご主人は先の戦で一番の功労者です。王都のお屋敷には、もっとたくさん、人がいるのかと思っていました」

功労者、と口にして、ロアが示したのは暖炉の上に飾られた絹の旗だ。

黄金の房《ふさ》飾りを持つそれは、盾に似た形をしている。実際の盾よりは、一回り以上ちいさいだろうか。戦時に用いられる紋章によく似ているが、描かれているのは鉱員の守護者である聖女サニエラだ。

鉱山を所有するアドルファスが、サニエラを祀《まつ》っていたとしても不思議はない。だが聖女が白い頭《ず》巾《きん》を被るそれは、先の戦の激戦地であった鉱山都市、テッサを象徴する図案だ。

「功労者などではない」

「嘘です。ご主人はルーリグの英雄、救国の騎士様です」

呆気なく否定した男の口吻に、相変わらず謙遜はない。そもそも興味自体ないのだろう。どうでもよさそうに、アドルファスが旗を一瞥《いちべつ》した。

「言っただろう。俺は救国の騎士であったことはないし、今は騎士でさえない。この旗は、ただの戒めだ」

ぱち、と音を立てて、焼《く》べられた木の皮が爆ぜる。赤々とした炎が踊り、ロアは自分の体が冷えていたことに気がついた。

「…ご主人は、犬だけじゃなく、騎士も嫌いなんですか？」

それは、単純な疑問だ。

首を傾げたロアに、アドルファスが瞬く。そんな問いを向けられるなど、全く予想していなかったのだろう。まじまじと自分を見た男に、ロアは痩せた膝を引き寄せた。

「それは、怪我をされたせいですか？」

テッサでの戦いは、酸鼻《さんび》を極めた。

開戦当初から城壁を挟んだ攻防が続き、それが破られてからは古い坑道を利用しての籠城戦が行われたのだ。すでに銀の産出量は減っていたが、テッサの地下には今も広大な坑道が広がっている。蟻《あり》の巣のようなそれを利用し、テッサは苦しい戦いを持ちこたえていた。

先代の王であるヨーゼフはテッサの包囲後すぐに援軍を送ったが、敵を退けることには失敗している。それでも街を見捨てず陣営を張り続けたが、北東部での戦闘が激化していたこともあり、テッサの攻防は長引いた。

冬が近づき、このまま膠着《こうちゃく》状態が続くかと思われた戦況を、一転させたのがアドルファスだ。

それまでアドルファスは、バラティィラ川を越え北東部に進軍してきた敵を押し返すべく先陣に立っていた。そのバラティィラ川での攻防を制した直後、アドルファスは間髪を入れずテッサへと転戦したのだ。一度はバラティィラ川を制したとはいえ、戦線は川沿いにある東の街に移動し維持されるものと誰もが予想していた。だがそれは陽動にすぎず、実際のアドルファスは恐るべき機動力でテッサに到達し、敵の包囲網をかいくぐって城壁へと肉薄した。そして隠された坑道の入り口から、街へと侵入を果たしたのだ。

この奇襲は、ヨーゼフ王の要請によるものだったと言われている。テッサの奪取こそが、戦いの趨勢を左右するとヨーゼフは考えていたのだろう。事実、その通りになった。

奇襲は困難を極め、敵陣を抜け坑道へ、そして城内にまで辿り着けた者は二十人に満たなかったという。アドルファスの一団が城門を開き、正面に陣を張っていたヨーゼフ王と兵を招き入れた時にはその数は更に減っていた。

一部が水攻めにされた坑道は泥に泥濘《ぬかる》み、街には血と悲鳴が撒き散らされた。

その夜を生きのびられた者は、極めて少数だ。両軍はもとより、坑道に逃げ込んだ市民にも多くの被害が出た。城壁内で夜を迎えた者のなかで、生きて朝日を見ることができた者は稀なのだ。

城門から市街へ入ったヨーゼフ王もまた、矢と槍を受けて傷を負った。アドルファスも、同じだ。戦には勝ったが、アドルファスはこの時の傷を理由に用意されていた近衛《このえ》の職を辞退している。静養のため領地に戻ることを願い出ていたが、こちらは許されず今日に至っていた。

「体、まだ痛いですか？　それなら、尚更使用人さんを雇った方がいいんじゃないですか？」

気遣うロアに、アドルファスが火搔き棒を手放す。そのまま応えることなく、部屋を後にするのか。

ロアの予想に反し、男は長椅子から毛皮を引き上げた。

「怪我はもう治っている。人を入れないのは、面倒だからだ」

犬嫌いで、騎士嫌い。そしてやはり、アドルファスはなにより人嫌いであるのだろう。

使用人が出入りする以外、この館を訪れる者は少ない。友人として立ち寄り、賑《にぎ》やかな声を響かせるのはヒューゴくらいだ。それも自身の不在時に、ロアを気にかけてくれるよう依頼した結果であるらしい。

館には、いつでも影のような静寂が漂っていた。この部屋も、例外ではない。きっとアドルファスは、他人に無関心であるのと同じように、自分自身の生活にも興味がないのだろう。

「クソジ…シュヴァイク博士のところも、似たようなものだろう？」

「確かに、博士のところも使用人さんは少ないです」

養父の館に出入りする者の少なさは、この屋敷以上だ。養父も間違いなく、人嫌いと言える。だが博士の館には、彼の人柄が色濃く滲んでいた。

いくつもの栞《しおり》を挟んだ書物や、時には床にまで散らばる走り書き。どこで拾ってきたのか分からない古びた動物の骨や、奇妙な形の貝殻。なんの変哲もなく見える石ころまで、館に蒐集《しゅうしゅう》された品は全て養父の関心を強く惹きつけたものたちばかりだった。

「お父さ…、博士は、滅多に街にも出ませんが、でも、館には僕らがいます。今も、兄たちがそばにいて、きっと賑やかです」

気難しい養父がヒューゴのように朗《ほが》らかな笑い声を上げることは稀だ。だが館から、賑やかな声が途絶えたことはない。博士が手塩にかけた犬たちが、シュヴァイクを実の父のように慕い、日々笑顔ですごしているからだ。

「シュヴァイクの館では、今でも何人かの犬が育てられていると噂《うわさ》されているな」

博士の元で、どんな犬が何人育てられているのか。そうした詳細が外にもれることは滅多にない。過去に起きた出来事を思えば、当然だ。シュヴァイク博士が手がける犬たちは、宝石にも勝る価値を持つ。不心得な者たちから身を守るためにも、博士の館での出来事は幾重にも秘匿されていた。

「父は、ほぼ全員の飼い主をすでに決めているみたいですが、今はまだ、何人かが館に残ってます」

面倒見がよくて、やさしいオルゴール。口は悪いけれど、頼りになるサラマンダー。みんな、末っ子であるロアを本当に可愛がってくれた。物心ついてから、彼らと離れたことは数えるほどしかない。

みんな、元気でやっているだろうか。ロアが養父の館を出てから、まだ半月だって経ってはいない。それなのに、もう随分と遠い世界に来てしまったように思える。

「お前みたいなのが、何人も、か」

「…天国みたいだなとか、思ってますか？」

そう思ってもらえたら、とっても嬉しい。でも実際は、犬嫌いのアドルファスには地獄なのだろうか。言葉にした足元から、しゅんと茶色い尻尾が垂れる。

「随分やかましい天国だろうな」

「…やかましいから、犬が嫌いですか？」

無闇に吠えてはいけないと、それは仔犬の頃に教えられることだ。思えば、この静かな館のなかで、ヒューゴと同じくらい騒々《そうぞう》しいのはロアだけだ。尤も高価な花瓶を引っくり返したり、鉄の大鍋の中身をぶちまけそうになったりするたびに、周囲の者たちにも盛大な悲鳴を上げさせてしまっているのだが。

「お、お兄ちゃんたちは、賑やかですがやかましくはないです…！　口やかましい時は、確かにありますが、でもみんな、とってもやさしいです」

シュヴァイク博士が手がけた最高の犬でありながら、自分は不甲斐なくもたくさんの失敗を繰り返してしまった。本当に、情けない。だがしっかり者の兄たちを見れば、きっとアドルファスもシュヴァイク博士が育てた犬たちを見直すだろう。少なくとも、犬だという理由だけで兄たちが悪く思われるのは辛かった。

「兄弟に会えなくて、寂しいだろう」

広げた毛皮で、アドルファスが蹲るロアをぐるりと包む。

そのあたたかさにも男の言葉にも、驚きに耳が撥ねた。

与えられた問いは、誘導や挑発とは違う。純粋に気遣われ、ロアは大きく首を横に振った。

「まさか！　全然寂しくないです」

会いたいかと問われれば、勿論会いたい。会って、今日一日をどうすごしたか、アドルファスがどんなに格好いいかを伝えたい。だが兄弟たちに会えなくて、寂しくてどうしようもないかと問われれば、そうではないのだ。

「こうして、ご主人と一緒にいられます」

だから、寂しくなんかない。

ぶんぶんと大きく揺れてしまった尾が、毛皮の裾を跳ね上げる。その勢いにも声の確かさにも、アドルファスは驚いたらしい。長椅子に腰を下ろそうとしていた男が、わずかに青い眼を見開いた。

「…むしろ、ご主人こそ寂しいんじゃないですか？」

アドルファスが口を開くより先に、ロアがその足元へと身を乗り出す。

危ない。ついうっかり、大切なことを忘れるところだった。

自分がここへ来たのには、大事な理由がある。それこそ兄たちだったら、上手くやれていたはずのことだ。

「なにがだ？」

「夜、とか」

床に座り、もこもこした毛皮にくるまったままでは少し格好がつかない。だがアドルファスの厚意を、無碍《むげ》にはできなかった。あたたかな毛皮の内側から、ロアが逞しい腿へと手を伸ばす。

いくら人間嫌いで犬嫌いなアドルファスでも、健康な肉体にはそれ相応の欲望が存在するはずだ。そうであれば、自分の存在価値を示す余地は十分にある。

意を決し、ロアはするりと硬い腿を撫でた。

膝から、股座に向け、手を動かそうとして、気づく。

だが、もし。もしアドルファスが、健康な肉体というものを持ち合わせていなかったら、どうだろう。

怪我は治ったと、男は言った。それは果たして、真実なのか。もしいまだ重篤《じゅうとく》な後遺症が、アドルファスを苦しめていたとしたら。それによって、犬の務めに興味を抱けなかったとしたら。

胸を過《よぎ》った可能性に、耳の先までがぴんと強張る。そっとアドルファスを見上げようとしたロアの手を、不意に大きな手が掴んだ。

「ご主…」

「どう、寂しいって言うんだ？」

骨張ったアドルファスの手は、ロアのそれより二回り近く大きい。ぐ、と握り込まれ、思いがけない熱さに尻尾の毛が逆立った。

凍えた空のような、眼の色のせいか。彫刻じみた風貌を持つアドルファスは、その肌も大理石と同じように冷たいのかもしれない。漠然《ばくぜん》と、そんなことを考えていた自分に気づく。

　無論アドルファスに触れられたのは、これが初めてではない。だがひどく近い距離にその体温を感じ、不覚にも息が詰まった。

「ど、どう、って…」

　長椅子にかけたアドルファスが、頑丈な左右の膝へと肘を載せる。真正面から覗き込まれ、かぁっと顔が熱くなるのを覚えた。

　赤々と燃える、火のせいなんかじゃない。心臓が大きく胸を打ち、血脈に鼓膜を叩かれる錯覚があった。

「…た、たとえば……、も…、もふもふな狐色《きつねいろ》の尻尾に、顔を埋めたくなる、夜がある、とか…？」

「確かに、セブの尾に顔を埋めるのは難しそうだな」

　左の親指で自らの顎を支えた男が、うむ、と唸る。大きく身を乗り出したアドルファスの右手が、今度はロアの背中へと回った。

　なにを。そう思う間もなく、毛皮からこぼれていた尻尾を摑まれる。

　藪《やぶ》から棒《ぼう》にも、ほどがあります。

　そうは思うが、しかしそうでもないのか。ぞろり、と毛の流れに沿って尾を撫でられ、悲鳴がもれた。

「っ、ひゃ」

　わひゃん、と鳴きそうになったロアにも、アドルファスは頓着《とんちゃく》しない。つけ根から先端へと、大きな掌全体で扱《しご》かれる。

「ん、あ…」

尾に指を絡めるように動かされると、たまらない。

それ以前に、覆い被さるように体を寄せてくるアドルファスの、肌の匂いにくらりとした。

薪が焼ける匂いよりもはっきりと、針葉樹のような香りが鼻先を掠める。体温であたためられたそれは、同時に獣が発散する生々しい匂いをも含んでいた。

「ご、ご主、人…」

「お前と違って、セブの奴《やつ》は毛が短いからな」

耳の真横に吹きかけられる声は、いつも通り淡々と響く。それを言えば、手の動きだって同じはずだ。

ロアの毛の長さを確かめるように、人差し指が尻尾の地肌をやわく掻く。びっくりして尾を上げると、呆気なく手が離れた。

「あ…」

ほっと息が解けると同時に、寂しさを覚える。だがその差異に、戸惑っていられる余裕はなかった。

ずり落ちかけていた毛皮を引き上げた男が、そこからはみ出す右耳を包んだのだ。

「ひ、ぁ…」

ぞわりと、全身の毛が逆立つような痺れが下腹に広がる。

薄い耳をつまんだアドルファスの指は、火のように熱い。それだけ、自分の耳が冷えていたということだ。耳の内側に親指を入れ、毛を撫でつける動きでさすられると顎が上がった。

「っあ、ん」

舌が、びくびくとふるえてしまう。耳を触られているだけなのに、どっと口腔に唾液が湧いた。

「あいつも、耳は意外に肉厚なんだがな」

異能の騎士と畏れられた男の手に、粗暴さはまるでない。セブも、こんなふうにアドルファスに撫でられているのだろうか。冷えた耳の体温を確かめるように指で挟まれると、尻尾がぞわぞわとふるえてしまう。

恥ずかしいくらい、気持ちがいい。同時に少しだけ、恐ろしかった。

「幸い、寂しくて眠れないということはない」

静かに続けた男が、指の腹で耳の側面を辿る。一番冷たい先端を親指ですりすりとさすられ、鼻から声がもれた。

「だがお前は、眠れなくなるかもしれないな」

「どう、して…」

そんなの、分かりきっている。眠れなくなるようなことを、するからだ。

落ち着いて考えれば、あるいは机上《きじょう》の問答であれば、即座に対応できただろう。蠱惑的《こわくてき》な笑みの一つでも浮かべて、僕こそ眠らせません、とでも返せたら大正解だったはずだ。

だが耳をいじる指に意識が集中して、そんなこと考えていられない。耳のつけ根をこりこりと掻いた男が、自らの上衣に手をかけた。

「恐ろしくて、だ」

捲られた裾から、鍛えられた腹筋が覗く。

それは先程、ロアが露出させようと躍起になっていた場所に近い。だが目を逸らしがたい官能と同時に、ロアは驚きに息を詰めた。

「怖いか？」

平坦に尋ねた男の脇腹には、歪《いびつ》な傷痕《あと》が走っている。

それも、一つだけではない。

体側を越えた背中側にも、幅の広い傷が伸びている。シャツに隠れた場所や背中にも、きっといくつもの痕が残るのだろう。そのどれもが、決して浅いものでないことがロアの目にも見て取れた。

「あ…」

ぶるりと、痩せた肩がふるえてしまう。耳をいじるアドルファスには、それが直接伝わったはずだ。

瞬き一つしない男が、青褪《あおざ》めたロアを正面から覗き込んだ。

「お前が俺を飼い主と呼んで懐くのは、それがお前たち犬に組み込まれた本能だからだ」

だが、と言葉を継いだ男が、ロアの額を親指で辿った。

「だがその本能を以てしても、俺が剣を振るう姿を見ればきっとお前の気も変わるだろう」

違う、と。そんなことは絶対にないと、叫びが喉に込み上げる。だが実際音になったのは、掠れた囁《ささや》きだけだった。

「あ…、本当、に…」

恐ろしい傷痕から、目を逸らすことができない。

刀傷、なのだろう。傷口の上に盛り上がった肉を、つるりとした薄い皮膚が覆っている。

「ん？」

「痛く…、もう本当に…、痛く、ないんですか…？」

ひどい、傷だ。

本当に、ひどい。

こんなものが、痛まないわけがない。

完治したと、アドルファスは言った。確かに言葉の通り、今は多少なりと痛みがやわらいでいるかもしれない。だがそれでも、痛まないなんて嘘だ。

少なくとも傷を負ったその時は、どれほど血が流れたことか。思い描くだけで、咽頭《いんとう》がふるえた。

眼底が痛んで、ぽた、としずくが膝先へと落ちる。

「ロ…」

涙だ。

止めようにも、どうすることもできない。どっと込み上げた涙が、頬を伝って床にまでこぼれた。

「お前…」

まさか自分の傷痕が、これほどまでにロアを怖がらせるとは思っていなかったのだろう。歪められたアドルファスの双眸を涙の膜越しに見上げ、ロアは懸命に首を横に振った。

「違…、ごめ、んなさ…」

怖くは、ないです。

そもそも、泣きたいわけでもないのだ。

「ご、ご主人、い、痛そう、で…」

それこそ、泣きたいのはアドルファスの方だろう。分かっているのに、ぼろぼろと涙があふれてくる。ごめんなさい、ともう一度繰り返そうとしたロアの腕を、強い力が摑んだ。

「っあ…」

きっと耳も倒れて、ひどい顔をしているに違いない。涙でぬれたロアの頬を、青い眼が真上から見下ろした。

「ご…」

泣きやめずにいるロアをまじまじと見ていた男が、不意に手を離す。そのまま立ち上がったアドルファスに、ロアは息をしゃくり上げた。

今度こそ、つまみ出されるのか。遠ざかる男の気配に、尾が縮こまる。

「待…」

やってしまった。また。

アドルファスを呆れさせ、失敗を繰り返す自分が嫌になる。

戦闘や傷を懼《おそ》れるかと問われ、あろうことか泣いてしまったのだ。なんて、情けない。しゃくり上げる息が呼吸を妨げるが、新しい涙は流れなかった。ただただ自分が許せなくて、硬く目を瞑《つぶ》る。

ご主人、と、もう一度その名を呼ぼうとした時、届いた足音に耳が撥ねた。

「肩を出すな。風邪を引くぞ」

「ご主…」

どうしてだ。まさか、戻って来てくれたのか。

扉を開く音に続き、近づいた足音に顔を上げる。嬉しくて、信じられなくて、両腕が伸びた。

「ご、ごめんな…、さ…、怖…」

今度こそ、ちゃんと言わなくては。怖くはないです。そう声を張り上げようとした体が、大きく揺れた。

くしょん、と、またしても驚くほど派手なくしゃみが爆ぜる。

駄目だ。今度こそ、本当に駄目だ。

目の前が暗くなるとは、このことだ。全身から血の気が引いて、膝を置いた床がぐにゃりと撓《たわ》む。

崩れ落ちようとしたロアの額の真上で、今度はアドルファスの息が揺れた。

「ご主…」

盛大な溜《た》め息《いき》を吐かれ、突き放される。そう身構えたロアの鼻先で、男が肩を揺らした。

「っ、な…」

笑って、いる。

ロアの無防備さが、余程おかしかったのか。並びのよい歯をこぼし、アドルファスが肩をふるわせた。

「ご…、ご主、人…」

「ちゃんと、息をしろ」

喘《あえ》いだ肩からずり落ちてしまった毛皮を、大きな手が引き上げる。とん、と軽く背を叩かれ、そのあたたかさに耳が撥ねた。

だがそれ以上に視線を惹きつけられるのは、男の双眸だ。

それはやはり、笑っている。見間違いなんかじゃない。

無論今日まで、アドルファスが眼を細めたり、唇の端を歪める様子は目にしてきた。だけどこんなにも屈託なく、笑う姿は初めてだ。

笑うことが、できるのだ。

失礼極まりないが、率直にそう思った。同時にほっと、尾が揺れる。

よかった。脇腹に走るあのむごい傷が今も痛んでいたら、きっとこんなふうには笑えない。少なくともこの瞬間は、アドルファスの痛みはやわらいでいるということだ。

安心して体中から力が抜けた途端、っくしゅ、ともう一度くしゃみが爆ぜる。今度は笑うことなく、アドルファスがロアを抱き上げた。

「…飲め」

長椅子へと座らされ、熱い器を突きつけられる。

ずんぐりとしたそれは両手で包むのに丁度よく、あたたかな飲み物で満たされていた。

「これ…」

まさかこれを、取りに行ってくれていたのか。ロアの驚きを、どう理解したのか。アドルファスが男らしい唇を引き結んだ。

「毒ではない」

そんなこと、見れば分かる。

いや、見た目には、黒っぽくてちょっと安全そうとは言いがたい。器の縁からだらりと垂れてしまうほど、豪快に注がれているせいもあるだろう。世辞にも洗練された姿とは言えないが、ロア自身が注ぐよりは数倍ましに見えた。

「嗅ぐな」

くんくんと、鼻が動いてしまうのは本能だ。慎重に嗅いだロアの鼻孔を、蜂蜜と華やかな香辛料の香りがくすぐった。

「あ…」

「黙って飲め」

命じられ、手のなかの器と男とを見比べる。

声音は相変わらず素っ気なく、冷淡だ。むしろいつも以上に不機嫌で、短気に聞こえる。

照れて、いるのか。

胸に浮かんだ想像に、ロア自身の尾がふるえる。

どうして。何故《なぜ》アドルファスが、照れる必要がある。そもそも、照れるような状況だろうか。

不思議に思って首を捻《ひね》るが、それ以上に器を満たす香りに意識を引き摺られた。ふわりと立ち上る香りは、ひどく甘い。魅惑的なそれに、ロアはもう一度鼻を鳴らした。

「…嫌いなのか」

ぐるぐると尾を振るばかりのロアに、アドルファスが唸る。腹に響く声の低さに、ロアははっと目を瞬かせた。

「まさか…！　大好きです！　ホットワイン…！」

これ以上、特別な飲み物はない。ロアにとって、それは言うまでもなく大好物だ。

「だって、これは…」

体を芯からあたためてくれる甘い飲み物が、どう特別なのか。ちゃんと伝えたいのに、言葉にできない。ただそれこそちぎれそうなほど、尻尾がぱたぱたと長椅子を叩いた。

ロアが四つ足の犬だったら、喜びのあまりわけも分からず走り出し、遠吠えを始めていただろう。今だって、じっとしているのは難しい。手のなかの飲み物とアドルファスとを何度も見比べるロアに、男が下唇を突き出した。

「いいから、早く飲め。冷めるぞ」

噛みつきたそうに低く唸られ、ロアがあたたかな器を包み直す。

とろりとした水面は、まるで宝石みたいだ。ずっと甘ったるい香りを嗅いで、眺めていたい。だが同時にひどくおいしそうで、ロアは抗いがたい誘惑にそっと器へと唇を寄せた。

「ん…」

熱い液体を一口含むと、痺れるような甘さが舌を刺す。同時に刺激的な香辛料の風味が、口いっぱいに広がった。

美味しい。幸福に味があるとすれば、きっとこれだろう。

しっかりと酒精《アルコール》が飛ばされた葡萄酒に、苦みはない。代わりに舌をとろかすのは、濃厚な蜂蜜の甘さだ。胡椒《こしょう》の実や肉桂の樹皮、林檎などが雑多に沈む様子が目にも楽しくて、ぶるるっ、と尻尾の先までもがふるえてしまう。

「火傷するなよ」

世話を焼いてくれる男に、頷くことさえ難しい。大きく器を傾けて喉を鳴らすと、華やかな香りが鼻から抜けた。

「どうだ」

器から唇を離すと、ふうぅ、と深い溜め息がこぼれる。香辛料の香りと熱が移った息は、体が内側からあたためられたことを示していた。

「美味しい、です…！」

他に、どんな言葉がある。

びるる、と耳ごと全身をふるわせたロアは、アドルファスを満足させるものであったらしい。ようやく唇の端をゆるませた男が、氷と同じ色をした双眸を細めた。

「そうか」

頷いた男が、ロアの唇へと手を伸ばす。親指で拭われ、ロアは初めて自分の唇が葡萄酒で汚れていたことに気がついた。

「あ…！」

夢中になるあまり、さすがにこれは子供っぽすぎただろう。慌てて口元を拭おうとしたロアへと、男が改めて毛皮を巻きつけた。

「ご主人…？」

しっかりと尻尾までを毛皮に収めた男が、ロアを抱え直す。そうしながら書類を手に取ったアドルファスへと、ロアが恐る恐る首を傾げた。

「なんだ」

書類に眼を落とした横顔は、仕事に戻ろうとする男のものだ。

立てた膝の間にロアを抱えたこの姿勢で、アドルファスは作業を再開しようというのか。

「これ、夢ですか」

「部屋に戻りたいのか？」

尋ねられ、即座に首を横に振る。

「戻らないです！」

「俺の仕事の邪魔をするか？」

「しないです！」

あれ、僕、夜這いに来たんじゃなかったかな。それってきっと、仕事の邪魔になるやつだ。

そうは思ったが、この好機は手放せない。眉を吊り上げて応えたロアにも、アドルファスはもう唇を綻《ほころ》ばせはしなかった。書類から眼を上げることもなく、男がロアの肩を引き寄せる。

「だったら風邪を引かないよう、静かにしていろ」

博士からの、大切な預かり子に体調を崩されるわけにはいかないからな。

そう続けたアドルファスの言葉の半分は、すでに耳に入っていなかった。

ちゃんと聞こえてはいたが、嬉しさが勝ったせいだ。

薪が爆ぜる、暖炉のぬくもり。あたたかくて心地のいい、男の懐。世界で一番美味しい温葡萄酒に、なにより間近にはアドルファスの匂いがあった。

風が恐ろしい唸りを上げる暗い夜だって、ここには一欠片《かけら》の恐ろしさも、不安もない。

「ご主人…」

ただただ幸せで、尻尾が揺れるのを止められない。

ちゃんと起きて、アドルファスの役に立たなければ。そうでなくても、嬉しくて勿体なくて、眠るなんてとてもできない。そう思うのに、瞼《まぶた》が重く瞳を覆った。

「ご…」

眠りにとろけるロアの声に応え、大きな手が頭を撫でる。

やさしい手つきは、冷ややかなアドルファスの横顔からは想像もつかない。あるいは全ては夢で、耳を辿る指のあたたかさは遠い日の記憶のなかにしか存在しないのか。

見定める術もなく、ロアは幸福な眠りに身を任せた。


「…笑いすぎです。ヒューゴさん」

ぶん、と不服を示した尾が大きく揺れる。分かりやすく耳を倒したロアに、ヒューゴが目元に滲んだ涙を拭った。

「悪ぃ悪ぃ。そいつは災難だったな」

全く悪いと思っていなさそうな顔で、ヒューゴが尚も肩を揺らす。

あたたかな、談話室の一角だ。見上げるほど高い天井には、輝く太陽を掲げる女神が描かれている。女神の名前を冠した豪奢な建物は、ルーリグ随一の劇場だ。二枚の羽根のように広がる大階段と、硝子《ガラス》張りの天井を持つそこは、ルーリグが果たした復興の目覚ましさを誇示《こじ》していた。音楽会が開かれる今夜は、大理石の建物に着飾った男女の歓談の声が響いている。

「災難、じゃなかったです。ホットワインは、すっごく美味しかったです」

蘇る記憶に、ほう、と息がもれる。

アドルファスが用意してくれた温葡萄酒は、本当に本当に美味しかった。あんなにも素晴らしい飲み物は、他にない。だが残念なことに、ロアは葡萄酒を飲むためにアドルファスの寝室を訪ねたわけではないのだ。

眠ってしまった。

自分の存在意義を賭《か》けて夜這いに出かけ、アドルファスの寝台で朝を迎えた。それ自体は、目論見《もくろみ》通りだ。だが甘い葡萄酒を振る舞われ、ただ熟睡しただけとなれば話は違う。

僕がご主人の寝台を占領して、真ん中で一人臍天で朝まで寝ていました。

厳しい兄であるオペラに知られたら、こってり説教された上にそんな札を首から提《さ》げられるところだろう。想像するだけで、情けなくてぽろぽろと涙がこぼれそうになる。

「や。この場合、災難だったのはアドルファスの奴なわけだけど」

「…確かに、僕、ベッドを独占しちゃったわけですし」

しゅんと尻尾を垂れさせたロアに、男が酒盃《しゅはい》を傾けた。

「そこはなんて言うか、ご褒美《ほうび》でもあるわけだがよ？　俺としちゃあ、アドルファスが幸せそうでなによりだ」

「…僕にベッド、取られたのにですか？」

「だから、それを含めてご褒美っていうかだな。なんにせよ、最近のあいつの上機嫌ぶりったらねえだろ。久し振りだぜ、あんなあいつを見るのはな」

嬉しそうに笑ったヒューゴが、ぐるりと談話室を見回した。

明るい室内では、招待客たちが開演を待ち酒と会話とを楽しんでいる。尤も今夜の目当ては、音楽そのものではない。

戦勝式典を間近に控えた最近は、王都のあちらこちらで様々な催しが開かれていた。今夜は音楽会の名を借りて、高価な宝飾品のお披露目が行われるのだ。

鉱山資源に恵まれるルーリグは、近年金属や宝石の加工でも存在感を増していた。古くは、硬貨の加工に端を発する技術だ。その職人の末裔《まつえい》に当たる者たちが、最近では凝った宝飾品の制作で成果を上げていた。今夜はそうした宝飾品の取り引きを手がける豪商が、自慢の品を披露するためにこの会を設けたらしい。

鉱石が神からの贈り物だと尊《たっと》ぶルーリグの貴族たちは、皆宝石が大好きだ。素晴らしい宝飾品に加え、今夜は東方の珍しい絹地なども目にできるとあり、招待状は貴族たちの間でも垂涎《すいぜん》の的となっていたと聞く。

「機嫌、いいですか？　今日、ここに来る時も、ご主人、眉間の皺がすごかったです」

当初の予定では、アドルファスは今夜この会へ出席することになっていた。

人嫌いなアドルファスは、当然華やかな社交の場を億劫《おっくう》がる。だがそんな男が出席せざるを得ないほど、今夜の会は特別らしい。議会を通じ、アドルファスは金属加工に従事する職人たちを支援する立場にあるからだ。

戦に勝利はしたが、国を立て直すには莫大な資金が必要となる。その調達手段の一つとして産業の庇護《ひご》にも力を入れてきたアドルファスは、今夜の会に顔を出す予定でいたのだ。

しかし今、アドルファスはロアの隣にはいない。急な面会が入り、議事堂へと出向く必要が生じたためだ。用件が終わり次第劇場で合流する段取りだが、予定が狂ったことが気に障《さわ》ったのだろう。ロアを迎えに来たヒューゴにも、男は会釈《えしゃく》の一つも向けはしなかった。

「そりゃあ、当然だろ」

「…予定が変わった上に、僕、朝のパンも、ちょっと焦がしちゃいましたし…」

ちょっとというのは、随分控え目な表現だ。包み隠さず言えば、盛大に焦げていた。その上一緒に出したスープは、火を噴くほどに辛かった。お蔭でロア自身の目も、非常によく覚めたものだ。

「焦げてようが、喜んでたろ？」

確かに、怒ってはいなかった。アドルファスは戦場暮らしの経験から、食べ物には頓着がないらしい。そうだとしても、ロアの料理を喜べる者は少ないだろう。

「…ご主人の味覚がちょっと変わっていたとしても、僕、このままじゃ本当にチェンジ…じゃない、返品、されちゃいます」

もう、期日はすぐそこまで迫っている。

思い巡らすたびに、無性に天に向かって吠えたくなった。

無論ロアも、館に残してもらうための努力は怠っていない。夜這いを試みるだけでなく、調理や掃除においても腕を磨こうと懸命だ。その甲斐《かい》あってか、最近ではいくらか竈の使い方にも慣れた気がする。雌鶏《めんどり》に突つかれながら卵を拾えるようにもなったが、しかしそれだけでは全く足りないのだ。

「そう悪い方に考えるな。式典を無事に務め上げれば、あいつだってお前を返そうなんて思わなくなる」

本当に、そうだろうか。そうだったら、どんなにいいか。

不安は常に、胃と尻尾を重くする。だがだからといって、悲観ばかりはしていられないのだ。

「ありがとうございます。僕、頑張ります。式典も、夜のお務めも」

ぐ、と耳の先にまで力を込めたロアに、ヒューゴが低く唸る。その難しげな様子に、ロアは首を傾げた。

「なんですか？　…もしかして、ヒューゴさん、疑ってますか？」

思い至った可能性に、ぱちくりと目を見開く。思わずぶん、と大きく尾が揺れた。

「僕、本当に夜はすごいんですよ？」

「……そりゃ確かに、すごそうではあるけどよ」

「でしょう!?」

実際、すごいのだ。

だってたくさん、勉強した。アドルファスのペニスの大きさを始め、実戦はいくらか勝手が違うが学習は万全だ。やはりここは一刻も早く、夜這いを成功させなければ。調理や掃除の技術を磨くだけでなく、きっとそれにも大きな効果があるはずだ。

「アドルファスの玉が潰されるとか、ちんこがへし折られるとか、そんな方向性のすごさだけどな」

「なッ…？」

それは、どんな言い草か。

思わずぱかっと、口が開いてしまう。尻尾を直立させる様子がおかしかったのか、ヒューゴがテーブル越しにロアの頭を撫でた。

「こんな可愛らしいぽんこつになら、ちんこ毟《むし》られるのも本望かもしんねえけどよ」

誰がぽんこつですか誰が。うぅ、と歯を剝いて唸ろうとしたロアに、年上の男が器用に片目を瞑ってみせる。

「ま、お前は余計な心配はしねえで、式典を楽しむことだけ考えてろ」

いいな、と念を押したヒューゴが、談話室の入り口へと視線を投げる。

開かれた扉の向こうは、高い天井を持つ通路だ。通路といっても作りは豪華で、幕間には社交を楽しむための休憩場所になる。今夜はその広い通路で、特別な宝飾品や最先端の刺繍《ししゅう》を纏った女性たちを間近に見ることができた。

「開演までまだ少しあるな。見物にでも行ってみるか？　王都に届いたばっかりの布地を集めた部屋もあるようだぜ。式典に着ていく服の手配は終わってるが、欲しいものが見つかればアドルファスに強請ればいい」

たとえば、とヒューゴが着飾った女性の一人を目で示す。

「たとえば、あれみてえにでっかいエメラルドとか」

眩そうに、ヒューゴが目を細めるのも無理はない。艶やかに髪を結い上げた女性の耳朶《じだ》には、遠目にも分かるほど大きなエメラルドが輝いていた。

「すごいです…」

地下資源に恵まれたルーリグにおいても、当然宝石は高価なものだ。むしろそうだからこそ、貴族たちは競って手に入れたがるのだろう。

「お前のためなら、もっとすげぇ石でも買ってくれるんじゃねえか？　強請ってみろよ」

「あのエメラルドよりすごい宝石なんて、なかなかないです」

あれ、本当は飴玉なんじゃないですか。

ぽかんと口を開けたロアに、ヒューゴが肩を揺らす。

「莫迦言え。お前が強請ればこの世で一番高価な石だって、あいつは用意してくれるだろうぜ」

この世で、一番高価な石。

果たしてそれは、どんな石だろう。

大粒のサファイアか、あるいはダイヤモンドか。疵のない、ルビーかもしれない。

ロアの脳裏に浮かんだのは、全く輝きを持たない灰色の石だ。そんなもので身を飾ろうと思う者は、誰もいないだろう。だが高名な博士である養父でさえも入手が困難なほど、その灰色の石は稀少で高価だった。

「ご主人がくれるなら、僕、飴玉でも嬉しいです」

むしろ、飴玉がほしいです。想像して尻尾を揺らしたロアに、ヒューゴが大きく頷いた。

「そんなもん今すぐ俺が買ってやる」

待っていろ、と言って立ち上がろうとしたヒューゴを、誰かが呼び止める。

アドルファスだろうか。期待に耳が揺れたが、しかし違ったらしい。ヒューゴの知人らしき男性客の姿を見つけ、ロアは短い逡巡《しゅんじゅん》の末に席を立った。

「あの、僕、少し一人で見てきていいですか？　ご主人がそろそろ来るかもしれないです。ヒューゴさんはここにいて下さい」

「大丈夫か？　館内だけなら、警備も多いし問題はねぇだろうが」

思案した男に、ロアが大きく頷く。

「大丈夫です。迷子にはならないです」

「…迷ったら、すぐに俺の名前を出すんだぜ？　飴くれるって言っても絶対ついて行くなよ？　後、建物の外には一歩だって出るな」

ヒューゴは、ロアが飴玉に釣られるような仔犬だと思っているのだろうか。それに着飾った犬が一人で館外に出ようとしたら、それこそ誰かに引き留められるはずだ。心配性にもほどがある。だが自分はシュヴァイク博士の犬であり、ヒューゴはアドルファスとシュヴァイク博士、両者から自分を任される立場だ。気を揉《も》むのも、仕方ないことだろう。

大丈夫です、ともう一度胸を張って、ロアは厚い絨毯を踏んだ。

「わあ…」

扉をくぐると、通路の豪華さに改めて驚かされる。

いくつものシャンデリアが下がるそこは、今が日暮れ過ぎであることを忘れさせた。まさに、こうした眩さはちいさな太陽の恩恵だ。

あまりの贅沢《ぜいたく》さに、言葉を失う。誰もが憧れるこの太陽の力には、厳格な制約が存在した。それは太陽を生み出す際に用いられる、ちいさな石にも及んでいる。

灰色をしたその石は、一見するとなんの変哲もない鉱石に見えた。だがそれ以上に稀少な石を、ロアは他に知らない。

世にも稀少な材料を用い、高度な技術を持つ限られた者のみが生み出すことができる力。それがエルトールの太陽だ。

誰しもが、そしてどこの国もがこれを無尽蔵に持てるわけではない。それを定め管理するのは、長老と呼ばれる博士たちの代表者だ。王族さえも、彼らには平伏する。エルトールが太陽を創り出して以来、長老たちは長きに亘《わた》ってそれに関する議論を重ねてきた。どの国が、いくつの太陽を持つのか。また太陽自体に関して、どこまで研究が許されるべきか。彼らは常に厳しく、太陽を管理してきた。

供給できる量に限りがあること。溜めておくことが困難であること。持ち運ぶには適さないこと。ちいさな太陽が生み出す力は絶大であると同時に、万能ではない。

万能でないことが肝心なのだと、養父が口にしたことがある。

探究心に富んだ、博士らしからぬ言葉だ。だが誰よりも深く太陽の深淵《しんえん》を覗く養父だからこそ、そう考えるのかもしれない。この瞬間、そうした太陽の力が劇場を真昼のように照らしていた。

「人、多いです」

まだ開演には時間があるにも拘わらず、広い通路には着飾った男女があふれている。

主催者である豪商の、飼い犬なのだろうか。艶やかな黒い耳を持つ犬が、人々の中心で蠱惑的な笑みを浮かべていた。主人と思しき男に伴われたその犬の胸元では、大粒のルビーの首飾りが煌《きら》めいている。

「…あれも、飴玉みたいです」

犬や夫人に実際の宝飾品を身に着けさせ、客たちに披露しているのだろう。近づいて間近から眺めてみたくはあるが、行き交う人の多さに圧倒された。

シュヴァイク博士の館では、人間を目にすることの方が少ない。アドルファスの屋敷も、似たようなものだ。冷たい沈黙が落ちるアドルファスの屋敷に慣れていたせいか、好奇心旺盛だと自認するロアでさえ、この人の多さには目が回った。

これくらいで音を上げていては、戦勝式典が思いやられる。そうは思うが、すれ違うたびに注がれる無遠慮な視線にはどうしたって息が詰まった。

犬そのものが、珍しいわけではない。通路にはロア以外にも、何人もの犬たちが主人と共に行き来している。だが男であるロアは、それだけで人目を惹くのだ。珍しい毛並みを持つ犬が、一体誰の飼い犬なのか。ロアの容貌に目を留めた者たちが、思わずといった様子で振り返る。そしてその首元に首輪がないことに気づき、怪訝《けげん》な顔をするのだ。

「やっぱり、セブ先輩の首輪を借りるべきでしたか…」

いや、さすがにあの首輪は借りられないか。

高い衿《えり》で守られた首元を指で辿りながら、太い柱を右手に折れる。女神の像を左手に眺めて進むと、人気《ひとけ》のない階段が見えた。決して、人混みから逃れようとしたわけではない。ただほんの少し、一息吐《つ》きたいと思っただけだ。そんな言い訳と共に足を踏み入れた部屋で、ロアは感嘆の声をもらした。

「すごいです…」

喧噪《けんそう》を離れたその部屋は、通路に比べればこぢんまりとしている。だが黄金と大理石とで飾られた造りは、十分にうつくしい。なによりいくつもの姿見が置かれた部屋には、珍しい絹地や衣装が積み上げられていた。

豪奢な仕立屋が、まるでここに再現されたかのようだ。

「衣装室…？　じゃなさそうです」

舞台に立つ演者の控え室か衣装部屋かとも思ったが、ここは楽屋から離れすぎている。それに並べられた布地が、どれも豪華すぎた。

もしかしたら、先程ヒューゴが口にしていた部屋なのだろうか。宝飾品のみならず、買いつけた布地などをいち早く顧客に披露するための部屋だ。特別な客だけが招かれる場所に思えたが、入り口にも部屋の奥にも人の気配は見当たらなかった。

「どなたか、いますか？」

声をかけてみるが、返る声はない。

きょろきょろと周りを見回し、ロアは迷った末慎重に部屋の奥へと進んだ。通路の喧噪が遠のいて、思わず深い息がもれる。

つい先日、ロアは式典用の礼服を作るため仕立屋の世話になった。あの時館に持ち込まれた布地も素晴らしいものだったが、今日の前に広げられたものたちも負けず劣らずうつくしい。東方から届いたと思しき絹織物や、艶やかな天鵞絨《ビロード》。真珠が縫い留められた飾り帯などが、所狭しと並べられている。

「これ、さっき似たようなのを着けてる人がいました」

広げられた絹のリボンに、目が留まる。犬の装《よそお》いとして、王都ではそうしたものが流行《はや》っているのか。先程通り抜けてきた通路でも、何人かの犬たちが尾や髪に大きなリボンを結んでいた。

「…結構、邪魔な気もしますが」

品物を汚してしまわないよう、そっと指で触れてみる。

右手側に目を移すと、姿見のなかに赤いリボンを手にした自分の姿が見えた。

今夜のロアは、優雅な裾を持つ飴色の燕尾《えんび》服を身に着けている。アドルファスが用意してくれたそれは、一目で仕立てのよさが分かるものだ。真っ白なシャツの襟元《えりもと》も、そこに飾られたカメオも品がいい。アドルファスの犬として、恥ずかしい姿ではないはずだ。だが通路では、いくつもの視線に驚きを以て振り返られた。

「もしかして尻尾の焦げたとこ、目立ってましたか…?」

ふるる、と尻尾を揺すって、鏡に映してみる。

厨房で猛火に晒《さら》され、暖炉で残り火に舐められかけたロアの尻尾は、所々その毛を焦がしていた。今日の外出に当たり、そうした場所はアドルファスによってきれいに切りそろえられたはずだ。だが、ロアが思っている以上に人目を惹いていたのか。

「手の、怪我とか…」

通路で目にした犬たちは、皆傷一つないうつくしい肌をしていた。それに比べてロアの両手には、家事の失敗によって生じた傷や、それを隠すための布が巻かれている。

「僕…、ご主人に、恥をかかせてましたか…？」

言葉にすると、血の気が引いてくる。

首輪をしていないため、ロアをアドルファスの犬だと認識した者は少ないかもしれない。だが戦勝式典では、そうはいかない。隣に立つアドルファスに、ふさわしい犬でいなければ。しゅん、と項垂れてしまいそうな尾を奮い立たせ、ロアはリボンの一つを手に取った。

「やっぱりこれくらい、必要ですか」

金色のリボンを尾に巻くと、焦げて短くなった毛並みが隠れる気がする。気をよくして、ロアはもう一つ、紺色《こんいろ》のリボンを尾に結んだ。

光沢のある紺は、アドルファスの眼の色に少しだけ似ている。嬉しくて尾が揺れるが、さすがに二つもリボンを飾ると違和感が勝った。リボンの重みが気になって、ぐるぐると尾を追って走りたくなる。

どうにか我慢して、今度は両手に目を落とす。手袋をすれば、傷を隠せるはずだ。そう思って尾を引き寄せた時、かしゃん、と高い音が上がった。

「あっ……」

リボンを巻いた尾が、誰かにぶつかったのだ。慌てて振り返った視界に、うつくしい銀の髪が飛び込んでくる。

「ごめんなさい……！　大丈夫でしたか？」

大声で謝ったロアに、少女が目を瞬かせる。

うつくしい、犬だ。

年齢は、ロアより少し年長だろうか。磨き上げた白金《はっきん》を思わせる髪が、華奢《きゃしゃ》な肩を覆っている。その髪も見事だが、頭上に戴く耳は更にうつくしかった。少し長めの被毛に包まれた左右の耳が、驚いたように張り詰めている。

「怪我はないですか？」

飲み物を持っていた彼女の手を、ロアの尾が直撃したのだ。器は床に落ちたが、幸い彼女の衣類は汚れてはいない。ロアの尾は派手にぬれていたが、それはどうでもいいことだ。

「本当に、ごめんなさい」

怪我をしている様子はないが、尾が当たった手は痛むだろう。深く尾と耳を垂れたロアを、菫色《すみれいろ》の瞳が見上げた。

ロアより拳《こぶし》一つ分背が低い少女は、均整の取れたうつくしい体つきをしている。きっと、高名な博士の手による犬なのだろう。複雑な銀の刺繍で飾られたドレスを身に着けた少女は、冷たい月の女神を思わせた。

「あの、痛いところとか…」

貴族が飼う愛玩犬は、従順さこそが美徳とされる。どんな場面でも騒ぐことなく、感情に左右されないこと。人形のように静まり返った彼女の美貌は、愛玩犬の特徴そのものといえた。ロアの問いに応えないまま、少女が半歩踏み出す。

くん、と鼻を寄せて嗅がれ、ロアは目を瞬かせた。

「……もしかして、迷子ですか？」

こんなにもうつくしく、こんなにも立派な身なりをしているのだ。地位のある貴族の飼い犬なのだろうが、近くに主人らしき者の姿はない。心配したロアに、銀髪の犬が首を横に振った。

「いいえ。あなたは…」

澄んだ声で応え、少女が合点したように頷く。

「あなたは、迷子なのね」

「……た、確かに、言われてみればちょっと…、迷子、です」

だが本当に、ちょっとだけだ。階段にさえ戻れたら、きっと談話室に辿り着ける。もごもごと返したロアの言い訳には、微塵も興味がないのだろう。今度は頷くこともせず、銀髪の犬がロアを見回した。

「あなた、珍しい尻尾ね」

くん、ともう一度鼻を鳴らされ、ロアが汚れてしまった尾を揺らす。

「そうですか？」

「でも、そのリボンは変」

深く落ち着いた声はひやりとして、なんの容赦もない。冷徹に指摘され、しゅんと尾が垂れた。

「変…」

「あなた、飼い主はアドルファス様なの？」

やっぱり、リボンは外そう。尾に手をかけたロアは、少女の口から出た名前に耳を撥ねさせた。

「はいっ。ご主人を、ご存知ですか？」

「この王都に、アドルファス様の名を存じ上げない者はいません。皆、あなたたちの噂をしてるわ。…でもあなた、首輪は？」

不思議そうに首を傾けられ、はっとする。

「それは…」

厳密に言えば、ロアはアドルファスの飼い犬ではない。当然、首輪は与えられていなかった。

口籠もるロアを、菫色の目が真《ま》っ直《す》ぐに捉《とら》える。同情の翳り一つ浮かべることなく、銀髪の犬がロアの尾を指した。

「首輪がないのなら、尚更そのリボンは駄目」

「え…？」

断言した少女が、棚の一つへと腕を伸ばす。するりと引き寄せられたのは、やわらかな絹地だ。

「こちらの色の方が、あなたの尾にもアドルファス様の眼の色にもよく映《は》えるはず」

深い水色をしたリボンを差し出され、ロアが目を瞠る。

少し灰色がかったそれは、アドルファスの眼と同じ空の色だ。華奢な少女の手から、ロアはうつくしいリボンを受け取った。

「ありがとうございます……！」

ぱっと顔全体で笑ったロアに、少女はいくらか驚いたらしい。わずかに見開かれた菫色の目を確かめる間もなく、ロアは胸の隠しから取り出した布で尾を拭った。

迷ったが、しかし誘惑には抗えない。いそいそと三つ目のリボンを結ぶと、茶色の尾が華やいだ。

「すごいです……！　ご主人の紋章の色にもぴったりです」

アドルファスの眼の色に映えるのは、言うまでもない。同時にそれは、黒地に獣を描いた男の紋章にもよく合いそうだ。

「ありがとうございます。嬉しいです……！　僕、兄弟以外の犬に服を選んでもらったの、初めてです」

色だけでなく、銀髪の犬が選んでくれたリボンは大きさも丁度いい。ふわりとした形は品がよく、ロアの被毛に埋もれてしまうこともなさそうだ。これなら、アドルファスの隣に立つにふさわしいのではないか。嬉しくてふりふりと尾を揺するロアを、菫色の瞳が見上げた。

「あなた…」

「あ！　僕もお礼に、お手伝いします。どんなものを、探してましたか」

「……結構よ。気持ちだけで」

三つのリボンが連なるロアの尾を、菫色の目がちらりと見たのは気のせいだろうか。即座に断られて尾が垂れるが、しかし当然といえば当然だろう。目の前の彼女は、完璧《かんぺき》だ。髪に添えられた白金と真珠の花飾りも、襟元が大きく開いたドレスも実によく似合っている。彼女くらい非の打ち所のない犬ならば、きっとアドルファスの隣に立っても見劣りしないはずだ。

「なにかお礼ができたら、嬉しいです」

「…みんな、あなたみたいなの？」

問いの意味が分からず、ロアが首を傾げる。

「なにがですか？」

「シュヴァイク博士が手がけた犬は、みんなあなたみたいなの？」

他の犬から、服を選んでもらったことがないという意味か。あるいはリボンを選ぶのが、下手《へた》という意味だろうか。どちらもありそうな問いだが、少し、違うかもしれない。

「男が、多いのかって意味ですか？　確かに、ほとんどが兄です」

愛玩犬は、その大多数が女性だ。ロアたちのように男性の体で生まれる者もいるが、その数は極めて少ない。シュヴァイク博士が女性の犬を生み出したら、国を売ってでも手に入れたいと冗談を言う者がいるほどだ。

「そうじゃなくて、みんなあなたみたいに…」

なんと、続けようとしたのか。銀色の耳が、ぴくりと揺れる。

「フランチェスカ！」

戸口から投げられた声に、ぱっと少女の瞳が輝いた。さっきまでの澄まし顔が、まるで嘘みたいだ。

それだけで、声の主が何者かを理解する。

少女の、飼い主なのだろう。振り向けた視線の先に、若い男が立っていた。

二十代半《なか》ば過ぎか。快活そうな顔立ちには、人目を惹く甘さがある。引き締まった体に纏うのは、象牙《ぞうげ》色より一色暗い礼服だ。一見すると、そこには華美《かび》な刺繍やレースは見当たらない。だが指に輝くダイヤモンドの眩さとその粒の大きさが、青年の身分の高さを物語っていた。

「ごめん、フランチェスカ。待たせたな。やはり目新しい宝石は見当たらなかった」

大股に近づいた青年が、ぎゅうっと銀髪の犬を抱き締める。銀色の尾が大きく揺れて、星を散らすように菫色の目が輝いた。

「尤も、私が本当に探しているものがこんなところにあるとは思ってはいないが。すまなかったな、一人で寂しい思いをさせて…」

大切そうに頭を撫でた青年が、傍らに立つロアに気づき顔を上げる。フランチェスカと呼ばれた銀髪の犬以外、誰もいないと思っていたのだろう。明るい鳶色《とびいろ》をした目が、大きく見開かれた。

「こちらは…」

「ほう。雄犬とは珍しい」

嗄《しわが》れた声がもう一つ、戸口から飛ぶ。

その響きは、まるで雷鳴だ。実際、大きな声を出されたわけではない。だが威圧感のある低音に、尻尾の先端がびくりと悶えた。

「おい、犬。もしやお前、アドルファスの連れか？」

杖を手に部屋へと入って来たのは、年嵩《としかさ》の男だ。

アドルファスより年長であることは確かだが、しかし年齢は判然としない。灰色の髪と口元の髭、足を引き摺る動きのせいだろうか。四十代後半のようにも、八十歳を超えた老人のようにも見える。

黒い正装に身を包む男は、青年と同様に華美な身なりとは言えない。だが彫りの深い顔立ちには、目を逸らしがたい威厳があった。

「そう、です…」

犬とは、当然ロアのことだろう。戸惑うが、考えるより先に声が出た。

「やはりそうか。なんという素晴らしい毛並み！」

派手な感嘆に、しかし賞賛は滲んでいない。大袈裟なそれが皮肉であることは、ロアにさえ分かった。

年嵩の男の他に、四、五人の男女が青年の後に続いている。彼らは、青年の取り巻きなのだろうか。

「だがどんなに素晴らしい毛並みだろうと、勝手にこの部屋に入り込むのは感心せんな」

杖を手にした男が、ゆっくりとロアへと近づいた。

「ご、ごめんなさい…！」

やはりここは、立ち入ってはいけない場所だったのだ。慌ててリボンを外そうとしたロアへと、青年が庇うように身を乗り出した。

「なにを言うんですか。アドルファスの犬なら、大歓迎じゃないですか。君、本当にアドルファスの犬なのか？」

気さくな声で問われ、返答に窮《きゅう》する。

明るい目をした青年は、杖を握る男とは正反対だ。おおらかな声には、人を安心させる力がある。こんな状況でなければ、ほっとロアの尾も揺れていたかもしれない。

「アドルファスも、ここに？　君と一緒に来てるのか？」

重ねて問われ、首を横に振ろうとする。だがロアが応えるより先に、杖を持つ男が顎を上げた。

「議会堂より、たった今こちらへ到着したそうだぞ」

取り巻きの一人が、耳打ちしたらしい。年嵩の男の言葉に、青年がぱっと顔を輝かせた。

「そいつはいい。アドルファスに君を紹介してもらうか」

「莫迦を言うな。もうすぐ幕が上がる。犬になど構っていられるか」

呆れたように、年嵩の男が杖で床を打つ。気難しさを隠そうともしない物言いに、背筋がふるえた。

「まだ時間はありますよ、父上。折角アドルファスが、こんなにも凛々《りり》しい犬を迎えたんです。一言くらい、冷やかさせてもらわないと」

楽しげに笑った青年が、ロアの手を引く。フランチェスカに肘を差し出し、青年は廊下へと出した。

「あの、ちょっと待…」

「勝手がすぎるぞ、国王陛下」

肩を竦《すく》めた年嵩の男が、忌々《いまいま》しげにを隠さず舌打ちする。

「国…！」

アドルファスを呼び捨てにできる者など、そう多くはない。うっすらと、予感はあった。特に年嵩の男には、どこか見覚えがあったのだ。

「なんという犬だ。まさか、この国の王の顔も知らなかったのか？」

驚きのあまりつんのめったロアへと、年嵩の男がこつんと杖の先で触れてくる。

「よく聞くがいい、犬っころ。こちらは我らがルーリグの国王、トマス陛下であらせられるぞ」

「やめて下さいよ、父上。怖がっているじゃないですか。今日は私的な訪問なんですから、ただのトマスで十分です」

窘《たしな》めたトマス王は、こんなことには慣れっこなのだろう。気遣うように、輝く目がロアを覗き込んだ。

「難しいだろうが、父上のお小言は無視してくれ。王冠は城に置いてきたから、君にもトマスと呼んでほしい」

「全く、忍べていないがな」

肩を竦めた年嵩の男が、足を引き摺りながらトマスに続く。

トマスは、彼を父上と呼んだ。それは取りも直さず、この男性が先のルーリグ国王、ヨーゼフだということだ。

「っ……」

どうしよう。なんだか、大変なことになってしまった。たらたらと冷たい汗を流すロアに構わず、トマスが廊下を進む。喧噪が近くなり、角を曲がると一息に視界が開けた。

「あ……」

硝子の天井を持つ吹き抜けの下に、大きな階段が見える。正面入り口へと続くそれは、先程ロアもヒューゴと共に上がったものだ。華やかなホールへと足を進めたトマスとすれ違い、客たちの何人かが振り返る。

「市井《しせい》の様子を直接確かめるのも、必要なことでしょう？　それに、フランチェスカにも城の外の空気を吸わせてやりたいし」

　フランチェスカを見下ろす王の目は、ひどくやさしい。それだけで、フランチェスカの尾が嬉しげに揺れた。

「見上げた愛犬家だな」

　手厳しい父親の皮肉に怯《ひる》むことなく、トマスが芝居がかった仕種で礼を取る。

「お褒めに与《あずか》り光栄です、父上」

　トマスは愉快そうに笑っているが、ロアはそれどころではない。青褪めるロアに、トマスが気楽な仕種で片目を瞑ってみせた。

「犬とは実に誠実で、素晴らしい存在です。今夜だって、彼のお蔭でこうしてアドルファスに会えるんですからね」

　颯爽《さっそう》と進むトマスたちに気づき、ちいさなざわめきが通路に広がる。

　一目で、トマスを国王と看破した者も多いのだろう。そうでなくても、トマスの華やかさに加えフランチェスカの美貌はどんな女神も恥じ入るほどだ。感嘆をもらした貴族たちの視線が、手を引かれるロアにも突き刺さった。

「アドルファスの顔など、いつだって見られるだろうが」

「そうでもないのですよ。彼は忙しい男ですからね」

「忙しい？」

　繰り返した先王が、ロアの手を摑む。無造作に右手を引き上げられ、声がもれた。

「見てみろ、この犬の手を。顔立ちも毛並みも確かに素晴らしいが、しかしこんなものまるで使役犬の手ではないか」

ヨーゼフが口元を歪めるのも、当然だ。摑まれたロアの手には、いくつもの傷が浮いている。人差し指には高価な指輪の代わりに、白い包帯が巻かれてさえいた。

「おい、どうしたんだこの傷…！　君、大丈夫か？」

顔色を変えた王に気遣われ、ロアが慌てて手を握り込む。

「大丈夫、です！　こここれは僕がぽんこつすぎて…、って、あ！　ぽんこつなのは僕の問題であって、ご主人やシュヴァイク博士は…」

「さすが我が国随一の猛将、アドルファスだけのことはある。可愛い犬に閨《ねや》ではなく、武芸の相手をさせるとはな」

驚いてみせた先王に、取り巻きたちがどっと噴き出した。

「…な！」

笑われたのだ。アドルファスが。

ロア自身に向けられるものであれば、致し方ない。だが自分の失敗によってアドルファスが嘲笑されるなど、あってはいけないことだ。

「違います…！　ご主人は…」

「実際のところ、どうなのでございます？　先の戦以来、アドルファス様はまるで剣を握りたがらないとか」

好奇心を抑えきれない様子で、取り巻きの一人がロアへと尋ねた。

「お怪我が癒えた今でも、軍務からは離れたままですものね」

同調した者が、やはり応えを求めてロアを見た。

「やめないか。実際アドルファスはひどい怪我を負ったんだぞ。仕方がないだろう」

ロアに代わり、トマス王が取り巻きたちを窘める。颯爽とした足取りを止めることなく、王が階段へとロアを促した。

正面入り口を見下ろすそこは、この劇場内でも特に華やかな場所の一つだ。左右に翼を広げたような姿は壮麗で、驚嘆に値する。この階段こそが、まるでもう一つの舞台だと言わんばかりだ。そこに輝くような銀髪の犬を伴って現れたトマス王を、多くの視線が仰ぎ見た。

「無論、元老院の代表者のお一人として、アドルファス様の存在感は群《ぐん》を抜いておいでですが」

「ですがあれほどの騎士が剣に指一本触れたがらず、近衛の育成さえ固辞するのはいかがでございましょう」

取り巻きたちが嘆くのも、無理はない。本来であれば、アドルファスの名声は元老院の一員としてではなく騎士として鳴り響いて然《しか》るべきだ。だが実際は、全てが過去のものになろうとしていた。

「腰抜けのことなど放っておけ。心配せずとも、愛犬殿には騎士としての本領を発揮している様子ではないか」

「な…っ」

それは、どういう意味だ。絶対の服従を誓う犬に対してしか、アドルファスは騎士として振る舞えないと言いたいのか。ひどい侮辱《ぶじょく》に、うぅ、と唸りがもれそうになる。だがそれより先に、トマス王が眉をひそめた。

「口がすぎますよ、父上」

「腰抜けを腰抜けと呼んでなにが悪い。奴などもう、ただの死に損ないだ」

「ご主人は、腰抜けじゃないです！」

先の国王に口答えするなど、狂気の沙汰だと誰もが叱るだろう。分かっていたが、アドルファスを悪く言われて黙ってなどいられない。大きく尾を揺すり、ロアは堪えきれず声を張り上げた。

「ご主人には、ご主人の…」

叫んだ声に、がしゃん、と固い音が重なる。

感情に任せて振り立てた尾が、給仕係が手にした盆に当たったのだ。

「あ…っ」

また、やってしまった。青褪めても、遅い。けたたましく響いた物音に、周囲の視線が一斉に集まった。

正面の出入り口も階段も、開演を控えた今は最も混み合う時間帯だ。高価な衣装に身を包んだ客たちが、何事かと視線を巡らせる。そして階段に立つロアたちを見つけ、目を瞠った。

一人はこの国の現国王である、トマス。その傍らには、先の王の姿もある。そんな彼らに向き合うのは、荒れた指をした犬だ。

その犬は尾を飲み物で汚した上に、色の異なるリボンを三つも結んでいる。更によく見れば焦げ痕を隠すため、茶色い耳や尾の毛が不自然に切られているのが分かっただろう。

王の隣に立つフランチェスカに比べると、その犬はあまりにもみっともない。その上この男の犬は、無作法な尾で給仕の盆を跳ね飛ばしたのだ。

「っ…」

血の気が引いて、ぐら、と足元が揺れそうになる。

だが吐き気がするほど恐ろしいのは、王族に逆らってしまったことではない。突き刺さる、無遠慮な視線たちでもなかった。見上げてくる貴族たちのなかにただ一つ、よく知った顔がある。

わずかに見開かれた青い眼が、混み合う入り口から真っ直ぐにロアを見ていた。

すぐに踏み出した男が、広い歩幅で進む。人混みを掻き分ける必要もなく、逞しい巨軀に気づいた客たちが道を譲った。

「ご、ご主…」

階段へと進み出たアドルファスに、新しいどよめきが生まれる。

まさかこの場にアドルファスがいるとは、客たちも思っていなかったのだろう。

これが、どんな状況か。アドルファスに説明しようにも、声が出ない。尤もどんな言い訳も、通用するとは思えなかった。

「ご、ごめんなさ…」

暗い灰色の礼服を身に着けたアドルファスは、夜の闇《やみ》と同じ黒い外套《がいとう》を羽織っている。平素のアドルファスは、華美に装うことがない。だが帯剣こそしていないものの、改まった今夜の男は劇場を飾るどの彫像よりも美々しかった。

「ご無沙汰しております。トマス国王陛下」

張りのある低音が、大理石の階段に落ちる。

ゆっくりと階段を上ったアドルファスの腕が、ロアへと伸びた。無造作に頭を引き寄せたそれが、くしゃりと髪を掻き混ぜる。

「っ、あ…」

飼い主の不在時に、最も問題を起こしてはいけない相手に噛みついてしまったのだ。撲たれ、叱りつけられても不思議はない。それにも拘わらず、節《ふし》の高い指はロアの頭を撫で、耳の裏側を掻いた。

どっと、熱い塊が胸を迫《せ》り上がる。

安堵《あんど》だ。

こんなにも絶対的な感情が、他にあるだろうか。眼底が焼けるように痛んで、アドルファスに齧りつきそうになる。圧倒的な熱さは痛みにも近いのに、そこにあるのは吐き気がするほど甘い幸福感だけだった。

「本当に久し振りだな、アドルファス！」

顔を輝かせたトマス王が、両手を広げる。屈託のないその声に、我に返ったのかもしれない。ロアを撫でたアドルファスの手が、自分の挙動に気づいたように動きを止めた。

「思い立って、予定を変えた甲斐があった。まさかここで、師匠殿に会えるとは。最近は、会議がある時以外は屋敷から出もしないと聞いたぞ」

嬉しそうに響いたトマス王の声に、階段を注視していた貴族たちの空気がゆるむ。夢から醒《さ》めたように、駆けつけた給仕係たちが床の食器を拾い集めた。

「大袈裟な。日々微力ながら、王都での政務に励ませていただいています」

四角四面なアドルファスの返答にも、トマス王はにこにこと笑うばかりだ。

かつてアドルファスがトマス王の剣術指南役を務めていたことは、誰もが知っている。アドルファス自身は、ただの稽古相手にすぎなかったと言っているらしい。だがアドルファスが、五歳しか年が違わないトマス王の実質的な師匠であることは、王自身が認めるところだった。

「その割には、なかなか顔を見られず残念だ」

唇を尖《とが》らせたトマス王が、改めてロアへと視線を落とす。

「今日は彼のためにここへ？　犬嫌いのアドルファスがついに犬を迎えたと聞いて驚いたが、随分可愛がっている様子じゃないか」

「尻尾の管理くらい、まともにできるよう躾《しつ》けるべきだがな」

毒づいた先王が一歩、階段を降りる。皮肉を隠そうともしないその口吻に、アドルファスが体ごと向き直った。

なんと、応えようとしたのか。

息を詰めたロアの鼻先に、ふと覚えのある匂いが触れる。思わず視線を巡らせると同時に、気がつけば腕が伸びていた。

「ぎゃ…」

どん、と突き飛ばされた先王が、悲鳴を上げる。

なにが、起きたのか。周囲の誰もが、理解しなかったに違いない。

突然王族を弾き飛ばしたロアを、驚愕の視線が突き刺す。凍りついたその空気に、乾いた破裂音が重なった。

「な…」

酒瓶が開栓されたのだと、そう思った者もいたかもしれない。だが主人へと飛びつこうとしたロアより早く、そのアドルファスこそがトマス王の肩を掴んだ。

「ご主人！」

二発目の破裂音が、左足の間近で爆ぜる。

正確には、射出された金属の破片が大理石を抉《えぐ》ったのだ。

「きゃああっ」

栓を、抜く音などではない。弾丸が発射されたのだと、悟った者もいただろう。悲鳴が上がり、ロアは頭上へと目を走らせた。

「ロア！」

トマス王を背後に庇ったアドルファスが、声を上げる。

制止を、叫ぶものだったかもしれない。だがその意図を勘案《かんあん》する間もなく、ロアの足は階段を蹴っていた。

「っひ…！」

ぶつかりそうになった客たちが、悲鳴を上げる。構わず、二段飛ばしに駆け上がった。

発砲されたのは、上階からだ。一発目は方向しか分からなかったが、二発目の火花は目視できた。吹き抜けになった正面階段を見下ろす、三層の通路の一つだ。ロアたちが先程通り抜けて来たものの、丁度真上。最上階に位置する通路の手摺《てすり》越しに、銃弾は放たれた。

「待て！」

上階には、まだ正面階段の混乱は波及していない。不思議そうに立ち止まった客たちの間に、人影が紛れようとするのが見えた。

「ッ！」

悪いことに、ロアが駆ける正面階段は直接最上階まで伸びてはいない。だが一つ上階で廊下を曲がり、最上階へと通じる階段まで移動している余裕はなかった。迷わず床を蹴って、大理石の手摺に飛び乗る。

その素早さにも正確さにも、どよめきが上がった。息を呑む音を背中に聞いて、青銅で造られた彫像を踏み台に跳躍する。

「おい！　なんだあれは！」

「きゃああ」

鋭い悲鳴と怒号は、上階通路の手摺へと飛びついたロアに対するものではない。がしゃんと固い音を立て、硝子天井の一部が割れたのだ。

仰ぎ見た視界の端に、黒い影が過る。

幸い、破られた天井はごく一部だ。それでも降り注いだ破片に、正面玄関は今や混乱の巷《ちまた》と化している。構わず上階を目指そうとしたロアの視界を、もう一度黒いものが掠めた。

「このッ」

唸るような羽音を立てる、蜂だ。

昆虫の、それではない。人を殺傷するための、兵器だ。

拳ほどの大きさをした塊が火薬を抱えたものであることを悟り、ロアは即座に壁を蹴った。

「っ！」

左右の足で壁を駆ける反動で、背面から踏み切る。宙を舞ったロアと紙一重の差で、蜂の一つが壁にぶち当たった。

「痛ッ」

爆ぜたそれの破片を浴びたが、そんなものは問題ではない。正面階段の踊り場へと危な気なく着地して、頭上を一瞥する。たった今ロアが蹴った壁を、黒い煤が汚していた。

恐怖よりも怒りが湧《わ》いて、再び床を蹴る。逃がすものか。

息も継がず駆け出そうとするが、新しい羽音がそれを妨げた。

四匹、いる。

懸命に見上げるも、飛来した蜂の混乱に紛れ、最上階の通路にはすでに不審な人影は見当たらない。

首筋の毛が逆立って、怒りに尾が揺れる。吠え立てる代わりに、ロアは右腕を伸ばした。

「な、なにを…」

傍らで立ちつくしていた給仕の手から、盆を奪う。大きく旋回した四匹の蜂が、階下を目指し降下するのが見えた。

銃から射出された弾丸とは違い、蜂は標的を追尾する機能を持つ。腹に火薬を抱えたそれらは、意外にも戦場で用いられることは少ない。

目を剝くほど高価であるにも拘わらず、遠くまで正確に飛ばすことが難しいのだ。その上速度にも重量にも限界があり、破壊力に乏しい。だが戦場と違い、身を守る盾や甲冑のないこんな場所で爆ぜれば、被害は甚大だ。銀の盆を摑むや否や、ロアはそれを横薙《よこな》ぎに払った。

「伏せて下さい！」

逃げ惑う客の頭上を掠めた一匹を、盆の縁が捕らえる。固い衝撃が目の前で弾けて、金属の蜂が炸《さく》裂《れつ》した。

予想したよりも、その外殻は脆い。打った反動で他方に飛ぶ心配は少ないが、ぶつかれば即座に深手を負うことになる。そうであれば、尚更躊躇は命取りだ。破裂した火の粉を間近に浴び、ロアは迷わず階下に踏み出した。

蜂たちが目指す階段の下に、なにがあるか。そんなことは分かりきっている。怯まず階段を駆け下りようとしたロアの頭上で、甲高い悲鳴が上がった。

「助けて…！」

取り乱した客に押され、老女の体が通路の手摺を越えたのだ。

危ない。

誰がどうなろうと構わず、蜂を追うことはできたはずだ。だが咄嗟に老女へと腕を伸ばしたロアの背後で、低い羽音が鳴った。

「ッ…」

受け止めた老女を抱えては、逃げきれないのは明白だ。身を丸めて衝撃に備えるか、手足を失う覚悟で蜂を打ち落とすか。ロアの本能は、即座に後者を選んだ。老女を床に庇い、振り向きざまに蜂を蹴りつける。

「ッあ！」

爆風を伴って、光が弾け飛んだ。

爪先《つまさき》が、熱い。いや、膝先か。それでも覚悟したほどの、痛みはなかった。

「う…」

火花で霞《かす》む目を、ぶるるるっと首を振って懸命に瞬かせる。硝煙に煙る視界に、暗い灰色の影が滲んでいた。

「…ご主、人…」

剣を抜いた巨軀が、目の前にある。

ぞっと、胸の内側が冷えた。

それはまるで、骨まで凍らせる不吉な影だ。一足飛びに、階段を駆け上がって来たのだろう。だが目の前に立つアドルファスは、息一つ乱してはいない。ただ氷のような双眸だけが、ぎら、と昏《くら》く光った。

「ぁ…、僕…」

蜂を蹴り退けた足は、爆発に呑まれて砕けたはずだ。そう思って見下ろすが、左右の足は変わらずそこにある。

アドルファスの剣が、蜂を斬り捨てたのか。周囲に目を向けようとしたロアの耳に、いくつもの足音が届いた。

「ご無事ですか、王！」

「ご婦人方はこちらへ！」

ようやく、警備の者たちが駆けつけてきたのだ。蜂の羽音は、もう聞こえない。代わりに響いた兵士の声に、ロアは上階を示した。

「賊は最上階の東です」

ロアの叫びに応え、男たちの一部が東へと急ぐ。自身もそれに加わろうとして、ロアは動きを止めた。

強い力が、腕を摑んでいる。引き寄せられ、ロアは大きく瞬いた。

「ご主人…、怪我は？　怪我、してないですか!?」

警備の者は勿論、今夜の招待客には騎士の称号を持つ者も少なくない。皆が賊を追い始めるなか、これ以上自分が出しゃばる必要はないのだ。

それより、アドルファスはどうか。

ぎょっとしてその巨軀を見回すが、血の匂いはしない。額に幾筋か髪が乱れ落ちているが、それだけだ。

「よかった…！」

へなへなとその場に崩れ落ちそうになって、気づく。

アドルファスが握るのは、剣ではない。柄《え》に大きな水晶が飾られたそれに、見覚えがあった。先代の王であるヨーゼフが手にしていた、高価な杖だ。

「あ…、国王様や、フランチェスカたちは…！　皆、無事ですか？」

ロアが蹴るより先に、アドルファスがこの杖で蜂を打ち落としてくれたのか。目を瞠って周りを見回すと、階下にトマス王を始めヨーゼフたちの姿があった。

アドルファスが誘導し、難を逃れたのだろう。ロアが追いきれなかった蜂たちも、アドルファスが始末したに違いない。

安堵と誇らしさとが、込み上げる。やはり、アドルファスはルーリグ一の騎士なのだ。手にしたものが剣ではなく杖であったとしても、関係ない。嬉しくて尾が撥ねるが、しかしよく見ればフランチェスカは右足を引き摺っているようだ。怪我を、したのだろうか。心配し、駆け寄ろうとしたロアに細い腕が縋った。

「待って、あなた…！　ありがとう、助けてくれて…」

男たちに引き起こされた老女が、ロアの上着を摑んでいる。手摺から押し出され、踊り場へと落下した女性だ。

「お礼なんて…！　僕、なにもしてないです。それより、大丈夫ですか？」

咄嗟に支えはしたが、それでも落下の衝撃は大きかったはずだ。不安気に耳を垂れたロアを、気がつけばいくつもの目が注視していた。

「あの犬が、ヴァローラ夫人をお助けになったのよ……！」

いまだ混乱に揺れる階段に、掠れた声が響く。

「ヴァローラ様だけじゃない。私は見たぞ！　あの犬が、ヨーゼフ陛下を救ったんだ」

「アドルファス様と、その犬が……」

どよめきが、波のように広がる。

なかには、ロアを指差す者まであった。恐怖を拭いきれずにいる客たちの目が、ロアとそれを従えたアドルファスを仰ぎ見た。

「あの犬は、シュヴァイク博士が手がけた犬だと聞いたぞ」

「さすが、救国の騎士殿に選ばれた犬だけある。素晴らしい……！」

感嘆が、歓声に変わる。どっと湧いた周囲の空気に、ロアこそが驚きに耳を立てた。

「おい！　大活躍だったな、ロア！」

高い位置から投げられた馴染みのある声に、はっと尻尾が持ち上がる。

騒ぎを聞きつけ、掃討と探索に加わっていたのか。男たちと共に階段を下りてきたヒューゴが、大きく腕を広げた。

「……ごめんなさい。僕、犯人を捕まえられませんでした」

館内には、賊を探す男たちの怒号が響いている。だがいまだに、捕縛したとの声は聞こえない。もっと素早く、自分が対応できていたなら。尾を垂れさせたロアに、ヒューゴのみならず警護の男たちが大きく首を横に振った。

「とんでもない！　ご安心下さい。賊は屋上から屋根伝《づた》いに逃れたようですが、すでに追跡の者が出ております」

「捕まるのは、時間の問題でしょう」

「それよりも、よくぞ我らが王をお守り下さいました」

高揚《こうよう》した男たちが、手を握らんばかりに賞賛する。

「そんなじゃ、ないです。僕はただ…」

自分はただ、アドルファスを守ろうとしただけだ。シャンデリアが輝く劇場には不似合いな火種の臭いを感じ、気がつけば体が動いていた。そして結果的には、自分こそがアドルファスに助けられてしまったのだ。

しゅんと尾を垂らしたロアが、足元へと視線を落とす。まだ微《かす》かな音を立てて悶《もだ》える蜂の羽根に気づき、それを指でつまんだ。

「…本当に、ごめんなさい。僕、失敗ばかりです」

これも、と、拾い上げた羽根をアドルファスへと差し出した。

「これも、壊さないようにって、思ったんです。でも、壊しちゃいました」

蜂を制作できる者は、限られている。大抵の場合、それは専門の知識を持つ博士によって作られた。高度な技術が必要とされるが、しかし太陽を作り出したり、犬を産む技術には劣る。そのため携わる博士たちの数も多いのだが、幸い蜂には制作者の特徴が色濃く残りやすい。

　用いられる金属や、加工の技術。内部の構造や、羽根の形などが皆少しずつ異なるのだ。蜂を壊すことなく捕らえれば、この騒ぎに関わった者を知る手がかりになっただろう。分かっていたのに、蜂を無傷で残すことはできなかった。

　項垂れるロアの顎を、ごつごつとした手が引き上げる。真正面から氷の色をした眼で覗き込まれ、耳の先までが緊張した。

「さすがアドルファスとその愛犬だ！　素晴らしい！」

　興奮した声が、大きく響く。

　はっとして振り向けた視線の先で、トマス王が階段を駆け上がった。

　どうやら本当に、王には目立った怪我はないようだ。取り巻きの貴族たちは青い顔をしているが、トマスは王にふさわしく豪胆であるらしい。動揺する客たちを安心させるよう、おおらかな笑顔を見せた。

「フランチェスカは大丈夫ですか？」

　取り巻きの手を借りて立つフランチェスカは、やはり右足を引き摺っている。

「ああ、どうにか。だがかわいそうに、硝子の破片から私を庇おうとして、足と背中を撲ったんだ」

「そんな…」

　主人を守ろうと、フランチェスカは果敢にも身を投げ出したのだろう。フランチェスカのような箱入りの愛玩犬は、愛されるために作られた者たちだ。そんな彼女が破片に身を晒すなど、どれほど勇気が必要なことだったか。青褪めたロアに、トマス王が大丈夫だと首を横に振る。

「安心してくれ。すぐに典医にも診せるが、幸い大きな怪我ではないらしい」

　全て、君のお蔭だ。

　手放しで褒められ、はっと首を横に振る。

「違います。むしろ、僕は…」

　むしろ果たすべき務めを、果たせなかった。持ち上げようにも重たく垂れたロアの尾を、王が笑う。そこにはまだ、縁が焦げたリボンが巻きついていた。

「なにを言うんだ。君とアドルファスがいなかったら、今頃どうなっていたか」

　王の言葉に応え、そうだ、と貴族たちからも声がもれる。

「是非とも君とアドルファスに礼を…」

「お心遣い、感謝いたします」

　大きな手が肩を包み、ロアは自分を引き寄せたアドルファスを見上げた。炸裂した火薬に負け、麻《ま》痺《ひ》していた鼻がわずかに男の匂いを拾う。

「臣下としての務めを、果たしたまでです。王もお疲れでしょう。我々も、今夜はこれで失礼させていただきます」

「その通りだな。すまなかった。傷の手当ても必要だろう。典医に診せるか？」

　そっと顎先へと伸ばされた王の指に気づき、腿の裏を尾が撲った。

嫌、だったわけではない。ただ少し、驚いただけだ。指輪を嵌《は》めた王の指が肌に触れるのを待たず、アドルファスが手にした杖を差し出した。

「ご典医の手を煩わせるまでもありません。失礼いたします」

先王の持ち物である杖は、無残に焼けてしまっている。辛うじて握りに残る水晶を手渡され、トマス王が肩を揺らして笑った。

「式典も控えている。迅速に、王都の警備を強化しなくてはな。今以上に忙しくなるだろうから、今夜はゆっくり休んでくれ」

王の言葉に礼で応え、アドルファスが階段を下りる。肩を抱く手のあたたかさを間近に感じ、ロアもまた大理石の床を踏んだ。


暖炉で薪が爆ぜる音を聞くのは、大好きだ。

いつか囲んだ焚き火の眩しさを、思い出す。

揺れる炎以上にあたたかかったのが、大きな膝だ。ちいさな体を抱えられ、厚い胸板に背中をくっつけていると夜の暗ささえ怖くなくなった。

あれは、なだらかな丘の上での出来事だったか。記憶を辿り、ロアは一人きり膝を抱えた。

アドルファスの書斎に置かれた、長椅子の上だ。

いつもならここに座って火を眺めているだけで、心が躍った。アドルファスの私室ですごすこと自体、たまらない喜びなのだ。だが今夜に限っては、嬉しさや高揚は遠い。

込み上げる溜め息を噛み殺すと、代わりにきゅうん、と情けない鼻音がこぼれた。

握り締めた白い手には、包帯が巻かれている。真新しいそれが覆うのは、劇場で負った傷たちだ。

ひどい打ち身や切り傷は、時間が経つほどにじくじくと痛み始めている。だがぴす、と鼻が鳴ってしうのは、痛みのためではない。

混乱の直中《ただなか》にあった劇場から、アドルファスはロアを屋敷へと連れ帰った。真っ直ぐに帰宅して、そのまま自らの私室へと運んだのだ。荷物のように抱えられ、部屋に連れられたことに不満はない。ただそうする間、アドルファスは終始無言だった。

劇場を出て馬車に乗り込むまでも、馬車に揺られる間も、アドルファスは一言も口を開こうとはしなかったのだ。

元より、多弁な男とは言いがたい。ひんやりとした横顔は、彫像のように寡黙《かもく》だ。食卓を共にしても、忙しく喋《しゃべ》っているのはロア一人ということは珍しくない。

だが、今夜の沈黙はそうしたものとは異なった。いかに楽天的なロアにさえ、分かる。

アドルファスは、怒っているのだ。

思い返せば、これまでアドルファスに怒られた記憶はほとんどない。ロアがパンを炭にし、貴重なタペストリーを水浸しにし、中庭を鶏の羽根まみれにしようと、アドルファスは決して怒らなかった。夜這いに訪れた時には不要だと説教されたが、ロアが引き起こした失敗の数々に対しては呆れることはあっても、叱りつけはしなかったのだ。

そのアドルファスが、今夜は明らかに怒っている。それも、ひどく。

考えるだけで、耳が縮こまってふるえた。ぴす、ともう一度鼻音がもれて、鼻腔の奥が痛くなる。

「失敗、しちゃいました…」

大失敗だ。

劇場の襲撃という重大な場面に居合わせながら、なにもできなかった。

アドルファスに怪我らしい怪我がなかったのは、これ以上ない幸いだ。だが一歩間違っていたら、どうなっていたか。

発砲は、短い間隔で二発続いた。弾込めにかかる時間を思うと、銃が二丁あった可能性が高い。また五匹の蜂を操るのは、いかに熟練した操者でも一人では難しいだろう。少なくとも二人以上、悪くするともっと多くの者が、今回の一件に関わっているということだ。

狙《ねら》われたのが誰であるのか、またその目的はなにか、今の時点で断定することはできない。だがもし王を標的としたものだとすれば、王都内にトマスを脅かそうとする者たちが、武器と資金を手に徒党を組んでひそんでいることになる。

それが、どんな者たちなのか。せめて一人でも捕まえられていたら、状況を知るきっかけになっただろう。無論今この瞬間にも、襲撃者たちが捕縛されている可能性だってあるにはある。

そうなってくれていれば、どんなに嬉しいか。無論今夜犯人が捕まったとしても、ロアの至らなさが帳消しになるわけではなかった。

飼い主を守りきれなかった、無能な犬。

守るどころか、その飼い主に庇われてしまったのだ。もしあの時、アドルファスが怪我を負っていたら。深く倒れたロアの耳が、ぴく、と揺れる。

気配を、感じたのだ。

歩幅の広い足音が廊下から聞こえ、鼓動が跳ねた。込み上げる嬉しさは、本能に近い。同時にぐっと、胃を握り潰されるような怖さが迫り上がる。

「ご主、人…」

扉をくぐった男の姿に、声がふるえた。

暖炉の火と灯火に助けられた室内は、夕暮れ時よりも明るい。冴《さ》え冴《ざ》えとしたアドルファスの眼の色までもが読み取れて、ロアは尾を丸めた。

真っ直ぐに部屋を進んだ男が、ロアの隣へと腰を下ろす。ぬ、と伸びたアドルファスの手に、思わず肩が竦んだ。

「ご、ごごごごめんなさい…！」

撲たれるのか。

膝に抱えられ、尻を叩かれるならまだましだ。もっとひどく扱われたとしても、文句は言えないことをした。ぐっと身構えたロアの指を、厳つい男の手が取る。包帯が巻かれた手を引き寄せられ、声がもれた。

「ご主…」

傷ついたロアの手へと、薬を塗り込んで包帯を巻いたのはアドルファスだ。

この寝室へと連れ帰り、男は真っ先にロアの怪我を検《あらた》めた。そうする間も、道中と同様にアドルファスは無言だった。同じ男の手が、自らが治療を施《ほどこ》したロアの手を引き寄せる。その指先へと唇を押し当てられ、驚きに鼓動が跳ねた。

「っ…」

キス、されているのだ。アドルファスに。

それは儀礼的な仕種とは、違う。性愛や、親愛を示すものでもなかった。

慰撫《いぶ》する、動きだ。

そっと押しつけられた唇の、意外なやわらかさに驚く。アドルファスの唇はもっとひんやりとしていて、固いのではないか。漠然と、そんな想像をしていた自分に気づく。隙のない男の容貌は、どうしたって大理石や氷の彫像を思い起こさせるのだ。驚くロアを、凍えた空の色をした眼が覗き込んだ。

「約束しろ」

確固たる力に満ちたその響きに、頭の芯が痺れる。

支配する者の、声だ。

率いる群に指示を与え、導く者。

魅力《カリスマ》を隠さない声で命じられれば、何人《なんぴと》も無視などできない。これが戦場であれば敵はふるえ上がり、味方は心の底から勇気と誇りとを喚起させられる。誰もがこの男に心酔し、命を投げ出すことにすら迷いをなくすのだ。犬が相手であれば、その効果は計り知れない。

それは、犬の本能だ。

主となった者には、決して逆らえない。主人の言葉に背《そむ》くのは、身が竦むような恐怖が伴った。

「なに、を…？」

ロアはいまだ、アドルファスの正式な飼い犬になったわけではない。そうだとしても、ロアにとってアドルファスはただ一人の主人だ。

もうずっと前から、そう決めている。それこそ、生まれた時から。

そんな男の言葉に、逆らえるはずもない。アドルファスが支配力を行使してまで命じるのであれば、どんなことでも承諾する以外術はなかった。

「二度と、あんなことはするな」

「ご、ごめんなさ…」

泣くまいと思っていても、唇がふるえてしまう。

自分はこんなにも、泣き虫だっただろうか。鼻腔の痛みを懸命に堪え、ロアは声を絞り出した。

「に、二度と、ご、ご主人を危険な目には、遭《あ》わせない、です。蜂を全部、墜として、き、今日の犯人だって、僕が捜…」

「違う」

今すぐ襲撃者たちを追うために、屋敷を飛び出してしまいたい。薄い胸を喘がせたロアに、アドルファスがきっぱりと首を横に振る。

「こんな、傷を作る真似はするな、と言っているんだ」

傷。

するりと指先を、そして頬骨を辿られて、尾が波打った。

唇を押し当てられた指と同じく、ロアの頬にはちいさな傷が散っている。間近で蜂が弾けたために、破片や火の粉を浴びた傷だ。

ちりちりとした痛みはあるが、自分の不甲斐なさに比べれば問題にならない。そう思っていたが、間違いだったようだ。

「あ…」

これではまるで、使役犬の手ではないか。

先代の王であるヨーゼフは、劇場でそうロアの手を酷評した。

愛玩犬において、容姿のうつくしさは重要な問題だ。国王の犬であるフランチェスカなどが、いい例だろう。宝石と同様に、うつくしく輝き疵のない者こそが尊ばれた。

ロア自身は、アドルファスの役に立てるなら傷を負おうが一向に構わない。だが焦げた被毛や、流行を介さないリボンの結び方などは嘲笑の対象にされて当然だ。あの騒動が起こるまで、実際貴族たちはロアを品定めし陰口を叩いていた。

満足に主人を守れなかっただけでなく、みっともない傷まで増やしたのだ。そんなロアに、アドルファスが腹を立てるのも無理のないことだった。

「き、傷…、ごめんな、さい…。みっとも、な…」

ぎゅっと、アドルファスの手のなかで指を握り締める。力を入れると火の粉を浴びた場所がひりりと痛んだが、そんなことはどうでもよかった。

「で、でも…！　どう…しても、傷が、気になるなら…、僕、お父さんに頼んで、ま…、繭《まゆ》、に入れて…」

「莫迦を言うな！」

思いがけない声の強さに、びくりと身が竦む。

掌で撲たれたも、同然だ。支配者の気配を隠そうともしない男に声を荒らげられ、恐ろしさに血の気が引いた。

「冗談でも、繭に入るなんて言うな。あれがなにか、シュヴァイクはお前たちにちゃんと教えているだろう？」

はいと、そう応えなければいけないのに声が出ない。

繭は、ロアたち犬を生み出すための胎《はら》だ。

正確には、胎だと言われている。実際のところ、繭を始め犬の誕生に関わる詳細を直接見聞きした者は少ない。全てを知るのは、犬を生み出す技術を持った博士たちだけだ。

それでも繭が犬の命を育むこと、そして時には傷ついた犬の再生を助けることは広く知られていた。戦場で瀕死の傷を受けた犬が、繭の力を借りて蘇ったとされる逸話が古くからあるからだ。

繭から生まれた者は、もう一度繭に入ることによって生まれ直すことができる。

だが人間たちも憧れるこの効果は、容易でもなければ万能でもなかった。

「繭に入るのは、一度死ぬということだ」

繭から出る、という行為は誕生を意味する。その誕生を迎える前には、ちいさな死が待っていた。

むしろ犬が再び繭に入った場合、蘇生することなく命を落とす者こそが大半だとされていた。そしてもし運よく生きて繭を出られても、その犬は以前と同一とは言いがたい。

魂が去るように、繭に入るとそれまでの記憶は全て消える。性格までが大きく変わり、絶対の忠誠を誓った飼い主さえ忘れてしまうのだ。

莫大な対価を支払っても、幸福な結末を迎えられる可能性は極めて低い。現在においては長老たちの多くが、こうした繭の使用を禁じるべきと発言していた。

「そうだとしても…、この傷で、ご、ご主人に、恥を…」

アドルファスに恥をかかせるくらいなら、養父を説得してでも繭に入ってしまいたい。

勿論、繭に入るのを恐れない犬はいなかった。

生きて再び、目が覚める保証はないのだ。そして生きのびられたとしても、大好きなご主人の顔まで忘れてしまう。自分が自分で、なくなってしまうのだ。だがそうだとしても飼い主のためならば、犬たちは迷わず繭に入ることを選ぶだろう。

「そうじゃない」

もう一度、怒鳴られるのか。身構えたロアに反し、男の口元は見慣れない形に歪んでいた。

「血を流すなと、言ってるんだ」

唸ったアドルファスの唇は、苦く引き結ばれている。もしかしてロアを怒鳴りつけたことを、後悔しているのか。自分の想像にこそ、ロアは驚いた。

「血、ですか？　でも…」

「危ない真似はするな」

はっきりと言葉にされ、瞬く。予想だにしていなかった命令に、すぐには返す言葉を見つけられなかった。

「危ないって、こんなもの…。血だって、大したことじゃ…」

アドルファスを守るために、流した血だ。

ロアがどれほど役に立てたかは、分からない。でも、アドルファスは無傷だった。その結果にわずかでも貢献できたならば、ロアが流した血など問題にはならない。

「大したことだ！」

再び大きな声で撲たれ、びくりとする。ぎゅっと耳を強張らせたロアに気づき、アドルファスが自らの口元を手で摑んだ。

「…二度と、危ないことはするな」

「でも、僕は犬です」

それも、騎士の犬だ。主である騎士を守るために、惜しむ身などない。

「犬なら、火の粉を被っても熱くない道理があるか？」

アドルファスが問う通り、犬だって怪我をすれば痛くて辛い。だがそれ以上に、アドルファスに万が一のことがあれば辛いどころではすまないのだ。

「そう、ですが、でも…」

いくら大好きなご主人の命令でも、簡単に頷けないことはある。くしゃりと顔を歪めたロアの顎を、大きな手が引き上げた。

「聞けないのか。俺の言うことが」

主人の、言葉が。

ぞっとするような衝撃が背筋を走って、奥歯が鳴る。

主人を失望させ、見放されること。犬にとって、これほど絶望に駆られることは他にない。ふるえる尾が丸まって、否、という言葉を押し潰した。

「違…」

「だったら、もうあんなふうに戦わないと誓え」

もし。

もし今日の襲撃者たちの標的が、国王ではなくアドルファスだったら。その上でもし襲撃者たちが追跡の手を逃れ、再びアドルファスを襲うことがあったとしたら。

それでもアドルファスはロアに手出しをするなと、そう言うのか。勿論今夜と同じく、自分は男の役に立てないかもしれない。だがそうだとしても、アドルファスの盾になりたいと思うことさえ禁じると言うのだ。

「アンバーロット」

静かな声で名を呼ばれ、ぎゅうっと唇を引き結ぶ。喉の奥に、冷たくて大きな氷の杭が刺さったみたいだ。苦しさに堪え、ロアはちいさくちいさく、頷いた。

眼底が、ひりひりする。歪んでしまった鼻先へと小指を突き出され、ロアは赤く潤んだ目を瞬かせた。

「指を出せ」

促され、二度瞬く。

それは、あれか。昔から伝わる、約束のまじないだ。

あんな声で犬の誓いを搾《しぼ》り取《と》っておきながら、この上指切りまで迫るのか。入念であると同時に、少し子供じみている気がする。仔犬じゃあ、ないですよ。そんな反論が込み上げるが、それ以前に指切りなんてものはアドルファスという男からかけ離れて思えた。

早くしろ、と顎で示されても、動けない。

戸惑いが勝ったが、しかし真っ直ぐに注がれる男の眼光は絶対だ。怖《お》ず怖《お》ずと右手を持ち上げ、ロアは無骨な小指に自分のそれを絡めた。

「約束だ」

厳かに告げた男が、絡めた指をそっと揺らす。

アドルファスは、冗談とは無縁の男だ。そんな男が大真面目に指を揺するものだから、内容はともかく思わずくふりと、ちいさな笑いが込み上げそうになる。

大きな、手だ。

節の高い指を持つ手には、古い傷痕がいくつも走っている。すでに塞《ふさ》がっているとはいえ、それらは今夜ロアが負ったものより余程痛々しい。だがごつごつとした厳つい手は、アドルファスの唇と同じく氷のように冷たくもなければ固くもなかった。

「正式に…」

そっと小指を絡めたまま、ロアが長い睫《まつげ》を伏せる。増長しすぎだと、囁く声は確かにある。だが機会を逃すことは、できないのだ。

意を決して身を乗り出すと、氷の色をした男の眼で暖炉の火が揺れるのが見えた。

「正式に、僕を飼い犬にするのが、お薦めです。そうすれば指切りしなくても、ご主人は絶対、僕に言うことを聞かせられます」

ふるえそうな手を伸ばし、アドルファスの腿へ触れる。それは、精一杯の誘惑だ。自分を鼓舞して大きな体軀に体を寄せると、アドルファスが眼を瞠った。

諦めの悪いロアに、呆れたのか。あるいはそれを通り越して、感心したのかもしれない。声もなく瞬いた男が、逞しい体を屈《かが》ませた。

そのまま唇を寄せられ、ちゅ、と親密な音が鳴る。

唇の、上ではない。火の粉を浴びた額へとキスを落とされ、ロアは大きく耳を立てた。

「なっ…」

こんなもの、完全に仔犬扱いではないか。そうは思うのに、ぼっと顔が熱くなる。喜びに尻尾の先までふるわせたロアの小指へも、アドルファスが唇を落とした。

「契約してないからといって約束を破ったら、博士式のお仕置き程度じゃすまないぞ」

小指に触れた男の唇は、笑みの形に歪んでいる。だが、その眼はどうだ。

ロアを覗き込む青い眼は、わずかほども笑ってはいない。先程突きつけられた、支配力を隠さない魅惑的で恐ろしい声とは違った。それでも本気だと分かる低音で釘を刺されると、ぴん、と痛いくら

い尾が撥ねる。

ひ、とちいさな声がもれていたかもしれない。緊張に立ち上がった茶色い耳を見下ろし、アドルファスが今度こそ声を上げて笑った。

「だが、ちゃんと約束できたのは偉いな」

小指を解いた右手が、くしゃりと耳を撫でる。

あたたかな声と手で髪を掻き混ぜられると、言いようのない安堵が込み上げた。ぐにゃりと、喜びで背骨までもがとろけそうだ。

突き放される恐怖と、褒められる喜び。その落差が激しすぎて、心のなかが尚更アドルファスでいっぱいになる。与えられる恐怖が大きければ大きいほど、その後に触れてくる手のあたたかさが心を攫うのだ。

ずるすぎる。きっと全て、アドルファスには分かっているのだろう。そうでなければ、犯罪だ。そもそも犬が嫌いだと言いながら、この扱いの巧みさはどうなのか。

悔しさすら覚えるが、頭を撫でる手の気持ちよさには逆らえない。他の誰も知らないだろうやさしい声で褒められると、それだけでぶんぶんと尾が揺れてしまう。何物にも代えがたい安心感に、ロアはぐりぐりと男に鼻面を押しつけた。

「なにがいい」

「え…？」

「望みを言え。約束できた褒美になんでも一つ、叶《かな》えてやる」

たくさん撫でてくれただけでなく、なんでも一つ褒美をやる、と。望みを言えと、そう言ってくれるのか。

「本当ですか…？」

驚きに、ぴんと尾が持ち上がる。望みなら、数限りなくあった。もっとたくさん撫でてほしいし、できることなら夜はこの部屋で眠らせてほしい。だが一つだけとなると、なんだろう。

「ぁ…、そうだ。だったら僕が…、僕がご主人のために戦うのが駄目なら、ご主人はちゃんと他の誰かじゃなくて、自分で自分を、一番に守って下さい」

誰よりも、自分自身を。

すぐに頭に浮かんだのは、そんな言葉だ。だがそれは、困難な願いだろうか。

アドルファスは、騎士だ。当人がどれほど否定しようと、動かしがたい事実だった。そして騎士である以上、自身以外のために剣を取らなければいけない日が必ず来るだろう。

「善処しよう」

呆気なく頷いたアドルファスに、ロアが唇を尖らせる。

「本当ですか？」

「疑り深い奴だな。言っただろう。俺は、もう騎士ではない。今夜のことも、本来なら警護の者に任せるべきだった」

その通りかもしれないが、実際あの場でアドルファスやロア以上に素早く襲撃者に対応できた者はいなかった。同じことが起きれば、アドルファスはまた迷わず誰かを守るのだろう。

「まだ信用できないという顔だな」

「だってご主人は…」

騎士だ、と繰り返そうとして、ロアがはっとする。

「どうした」

不思議がるアドルファスを、ロアは改めて見上げた。

「ご主人、やっぱりセックスしませんか？」

唐突なだけでなく直截《ちょくせつ》すぎる誘いに、今度はアドルファスが眼を瞠る。

「僕、知ってます。救国の騎士は、戦闘後はセックスしないと体に悪いって」

正確には、戦闘の興奮で荒ぶる異能の騎士の精神は、犬の肉体でなければ鎮められない。今こそ、その出番なのではないか。身を乗り出したロアに、アドルファスが無言のまま天を仰いだ。

「シュヴァイクの野郎…。次に会ったら腸《はらわた》引き摺り出すぞ」

なにか聞いてはいけないほど汚い罵りが、低くもれた気がする。大きな手で目元を覆った男が、苦すぎる息と共に視線を戻した。

「シュヴァイクになにを吹き込まれたかは知らんが、俺は騎士でも異能の騎士でもない。だからセックスも、必要ない」

いいえ、セックスは必要あるんじゃないですか。

前のめりに問おうとしたロアの耳を、節の高い指が弾いた。

「いいか、俺はお前の望みを叶えてやると言ったんだ。俺への気遣いばかりしてどうする」

「だって…」

だってそれが、ロアの望みだ。

迷わず告げようとした言葉は、アドルファスにはよく分かっていたのだろう。歪みのない歯の隙間から、男が深い嘆息を重ねた。

「犬ってやつは、不自由なものだな」

そんなこと、ないです。全く不自由ではないと、そう訴えようとしたロアの耳をアドルファスが撫でた。

「…っ、あ」

ぴんと立ち上がった耳の、薄さを確かめるように縁を辿られる。

暖炉の火であたためられていても、耳先はどうしたって冷えがちだ。体温を移すよう指で挟まれると、首筋がぞくりとした。

「ご…」

「たとえ俺が異能の騎士だとしても、杖を振り回したくらいでは興奮などせん」

確かに今夜アドルファスが手にしたのは、剣ではなく杖だ。だがそうだとしても、戦闘の興奮に違いはないだろう。命を落としていたとしても、不思議はなかったのだ。そう口にしたいのに、耳のつけ根をやわく掻かれると肩が竦む。ちいさく丸まって、体を守らなければいけないのに、アドルファスの手が首筋へと動くと、とろんと力が抜けてしまう。髪の生え際をさりさりといじられるだけで、悶えるように尾がふるえた。

「んん…」

気持ちがいい。だけど同じくらい、困惑する。進めと手綱を引かれても、ぐ、と後ろ脚が突っ張ってしまう、あの感じだ。腰は引けているが、しかし拒みきることは難しい。する、と背中へ掌を降ろされると、顎が上がった。

「っ…」

長椅子に座るそのすぐ真横に、アドルファスの体軀と気配がある。抱き寄せる形で腰骨までを撫でられると、ぴくぴくと耳がふるえた。

ただ、背骨に沿って撫でられているだけだ。それなのに絹のシャツ越しにアドルファスの指の動きを感じると、ぞくりとした痺れが腰骨を脅かした。

もっと、撫でてほしい。でも、少し怖い。あ、とちいさく呻いたロアの旋毛《つむじ》に、あたたかな唇が落ちた。

「なにより、お前が怪我をしたんだ。そんなものを見せられて、興奮などできるか」

低い呻きは、アドルファスの本心か。あるいは、男自身へと向けた自戒なのか。

もし今、アドルファスの股座に手を伸ばしていたら、事実を確かめられたかもしれない。男の眼に滲む光は、欲望のそれではないのか。だがくらくらする頭では、正しく判断できない。

呼びかけようとしたロアの瞼に、もう一度キスが落ちる。情欲を示すには短すぎるが、挨拶よりは格段に丁寧なキスだ。男の唇のやわらかさにうっとりすると、胸元深くへ抱き寄せられた。

「あ…」

「寝ろ」

命じられるまでもなく、瞼が落ちる。

襲撃者を追い蜂と対峙《たいじ》した肉体は、十分に疲れているのだ。アドルファスの体温を間近に感じると、忘れていた疲労が手足を重くする。

起きて、いたいのに。懸命に瞼を押し上げようとするが、抱き締めてくる腕の力がそれを阻む。頬へ、そして唇のすぐ横へと落ちた唇の心地好さに身を委ね、ロアは深い寝息を吸い込んだ。

「すげえな、ロア。サファイアのブローチじゃねえか。こいつはなかなか珍しい品だぜ？」

居間の長椅子に腰を下ろし、ヒューゴが感嘆の声を上げる。並んで座るロアの前には、いくつもの箱が積み上げられていた。それこそ、卓いっぱいにだ。あふれかえり、脇の小卓にまで積まれたそれらに、セブが生真面目《きまじめ》に鼻を鳴らした。

「こっちのは、林檎と干した葡萄《ぶどう》のタルトだとよ。ヴァローラ夫人の料理人は腕自慢だって話だが、確かに噂の通り見事な細工だな」

ヒューゴが感心する通り、届けられた大皿の一つには華やかな焼き菓子が盛られている。贈り主は、王都でも指折りの名家の女主人であるヴァローラ夫人だ。

「夫人、大丈夫だったですか？　怪我とか…」

「ぴんぴんしてるってよ。お前のお蔭でな！」

劇場の手摺を越えて転落した夫人を、ロアが庇ったのは昨夜のことだ。昼になるのを待たず、アドルファスの館へはいくつもの贈り物が届けられた。ヴァローラ夫人からの礼の品だというそれは、貴重な果物や蜂蜜をたっぷりと使った贅沢な菓子や、肉のパイだ。他にも高価な香水や毛皮、丁寧な筆《ひっ》致《ち》で記された感謝の手紙などが使用人たちによって運ばれた。

「僕はなにも…、それより、すごかったのはご主人です」

「確かに、ついにあいつが騎士に返り咲くのかって話題で、街中大盛り上がりだけどよ。でもそれ以上に、みんなが夢中なのはアドルファスの勇敢な飼い犬だぜ？」

一夜明けた今日、王都は劇場が襲撃された話題で持ちきりだ。それ自体は、不思議ではない。だがなかでも特に注目を集めているのは、襲撃犯を捕まえようと上階の通路に飛びつき、蜂を叩き落とした犬の存在だという。

多くの騎士が居合わせるなか、咄嗟に襲撃犯を追えたのはその犬だけだ。軽やかに彫像を蹴り、易々《やすやす》と上階へ到達した勇気と身のこなしは驚嘆に値する。さながら、伝説の聖獣だ。朝の市場でも広場でも、人々はそう噂し合っているらしい。

「ご主人の恥にならずにすんだなら、一安心です」

その一事《いちじ》につきる。自分のせいでアドルファスの評判が下がるようなことがあってはいけない。その逆だと言うなら、これ以上嬉しいことはなかった。

「恥どころか、お前は英雄だぜ」

おおらかに笑ったヒューゴが、セブの頭越しに木の実をつまむ。ヴァローラ夫人の調理人が腕を揮ったというそれは、胡桃《くるみ》に甘い蜜を絡めたものらしい。あ、とヒューゴに口を開くよう促され、なんの疑いもなくロアがそれに倣《なら》う。放られた実を、ぱくっと口で受けてしまうのは本能だ。食いついた途端、胡桃の香ばしさと無花果《いちじく》の甘さが口腔《こうくう》に広がった。

「……っ……！」

「美味ぇか？　たくさん食え。お前が体を張った成果なんだからな。俺も見てみたかったぜ。あんなに強ぇのに、なんで隠してたんだ」

「隠してないです。それにあれくらいのこと、誰だってできます」

悪戯《いたずら》っぽく声をひそめ、ヒューゴがもう一粒ロアの口へと胡桃を放る。

「できねーよ。つか、シュヴァイク博士んとこの犬は、みんなできて当然って話か？」

胡桃を投げられるたび、器用に受けるロアが面白《おもしろ》かったのか。もう一粒胡桃を放りながら、ヒューゴがセブの頭を撫でた。

「勿論です……！　兄のサラマンダーは、僕よりずっと強いです」

無論、ロアも自身が歯牙《しが》にもかからないほど弱いとは思っていない。どんな場面でもご主人を守れるよう、鍛錬に努めてきた。騎士であるアドルファスの、犬になろうというのだ。それくらいは、当然だろう。

「やっぱシュヴァイク博士んとこの犬ってのはすげえもんだな。お前の場合は、他を捨てて戦闘能力に全振りってわけか」

「夜も、すごいです」

律儀に訂正したロアに、ヒューゴが胡桃をつまむ指を止める。

「……念のために聞いとくけどよ、もう発揮されちまったりしたのか、そのすごさってのは」

昨夜、とか。

ごくり、と喉を鳴らされ、ロアの肩が落ちる。しょんぼりと露骨に垂れた尾と耳に、ヒューゴは全てを察したのだろう。あぁ、とヒューゴが深く長い息を絞った。

「うん、そうか…。…うん…。や、正直言うとほっとしたわけだけどよ？　でも、同じだけなんて言うか、アドルファスの理性に同情…いや、感服させられるって言うか。今日も俺にお前を任せて仕事をぶちのめしに行ったわけだけど、そうでもしてねえと確かにやってらんねえよなァ。周りはあいつの不機嫌さに、吐く有り様なわけだけど」

「吐くって、誰がです？」

ぶつぶつともらされた言葉の不明瞭さに、ロアが首を傾げる。

「…忘れてくれ。お前もアドルファスも、よく頑張ってんなって話だ」

「…頑張ってはいるつもりですが、全然、足りてないです」

再びしょんぼりと、耳が垂れる。

結局昨夜だって、あのままアドルファスの寝台で眠ってしまったのだ。アドルファスの匂いがする寝具にくるまって迎える朝は、最高だった。ここって天国かな、と真剣に思ったものだが、しかしそれはなんの解決にもなっていない。むしろ戦うことを禁じられた自分は、アドルファスの犬という立場から一層遠ざかったのではないか。

「昨日の賊も、捕まってないですし…」

力なく呻いたロアの膝に、のふ、とセブが重い顎を載せてくる。筋骨逞しい先輩犬は、後輩であるロアには常にやさしいのだ。

「そいつはお前の責任じゃねえだろ。実際よくやったぜ？　ヴァローラ夫人以外からだって、こんなに礼の品が届いてるじゃねえか」

先程ヒューゴが示した、宝石があしらわれたブローチもその一つだ。気後れするほど立派なそれは、夜会の主催者だった豪商から届けられた。

あんな騒ぎがあったのだから、グアナラの身辺は今頃大変なことになっているだろう。ロアへの礼状を認《したた》めているどころではないはずだが、もしかしたらアドルファスに取りなしを請う意図があるのかもしれない。

「国王からも届いてんだろ？」

ヒューゴが訪れる少し前に、トマス王の使者が館の門を叩いた。アドルファスはすでに出仕していたが、彼らはロア宛てだと言って贅沢な絹や宝飾品を置いていったのだ。

緻密な刺繍が施されたものもあれば、霞《かすみ》のように薄い反物もある。いくつも運び込まれた箱のなかで、特にロアの目を惹いたのは、フランチェスカが選んでくれたものに似たリボンだ。騒ぎの際に汚してしまったものよりも軽いそれは、一見しただけでも恐ろしく高価だろうことがよく分かった。

「もらいすぎです。こんなにたくさん…」

「気にすんな。喜んで受け取るのが礼儀ってもんだぜ。王はよっぽど、お前を気に入ったらしいからな」

それは、身に余る栄誉だろう。あんなにも完璧な犬と暮らす王に、立派な犬だと言ってもらえたのだ。世辞だとしても、褒められることは単純に嬉しい。そのはずなのに、アドルファスの手で撫でられる喜びに比べれば心が躍らないのも事実だ。

もしヴァローラ夫人やトマス王の半分でも、自分の活躍がアドルファスを喜ばせるものであったなら。図々しい想像であることは分かっている。賊を取り逃がし、飼い主に救われた立場では活躍もなにもあったものではない。華やかな贈り物たちを前にすると、嬉しさと同時に一層の不甲斐なさが込み上げた。

「式典には、国王は勿論ヴァローラ夫人たちも出席するはずだ。気に入ったものがあれば、身に着けて出かけてやるといいだろうぜ」

「そうですね…！　そうします」

それは、とてもいい考えだ。王も式典への出席を意識して、これらを贈ってくれたに違いない。反物から礼服を縫い上げるには時間が足りないが、リボンなどの宝飾品なら身に着けられる。礼状を出すだけでなく、そうした形で感謝を伝えるのは必要だろう。

「このリボンを結んで、この貝細工のピンをタイに刺して…この形のタイなら、首輪がないのも目立たなくていいです」

式典のための礼服は、すでにアドルファスが仕立ててくれている。落ち着いた白茶色の上着は、明るいロアの髪の色によく映えた。少し灰色がかった贈り物のリボンとも、相性がいいだろう。なによりこのリボンは、アドルファスの眼の色を引き立ててくれるに違いない。

式典は、ロアがアドルファスの犬として装える最後の機会だ。

勿論、本当に最後にしてしまうつもりはない。アドルファスの気が変わってくれるよう、式典ではこれまで以上に完璧に役目を果たす覚悟だ。

それを別にしても、ロアの行いは同行者であるアドルファスの評判に直結する。

今度こそ、絶対に失敗しない。たとえここに残してもらえなかったとしても、それは絶対に不可欠なことだ。ぐ、と奥歯を噛み締めたロアの膝へと、セブが鼻面を擦りつける。

「セブ先輩？」

「なにやってんの、お前」

不思議がるヒューゴの視線の先で、セブがぶるるっ、と首を振る。そのまま後ろ脚で首輪を引っ掻いたセブに、ロアは慌ててしがみついた。

「待…！　セブ先輩、危ないです！」

「ロアに、自分の首輪をくれてやろうってのか。誰かに似て、強面のくせにやさしいなお前」

そうだと言わんばかりに、セブが身を捻《ねじ》って首輪を蹴る。だが革と金属でできた首輪は、とても頑丈だ。さすがのセブでも、それを外すのは難しいだろう。

「感心してる場合じゃないです、ヒューゴさん。やめて下さい、セブ先輩！」

懇願《こんがん》したロアに、渋々と言った様子でセブが後ろ脚を引っ込める。その番犬が、次の瞬間すっくと立ち上がった。

「どうした？」

扉へと向かったセブに続き、ロアもまたぴくりと耳を揺らす。

「ご主人です」

訝しんだヒューゴに応えるより先に、立ち上がる。一足先に階下へと急いだセブが、ロアを呼ぶよう一声吠えた。

「なんだ、アドルファスの奴、帰って来たのか」

馬車が止まる気配に、ヒューゴも気づいたらしい。やわらかなリボンを手にしたまま、気がつけばロアも居間を後にしていた。

「お帰りなさい…！」

式典を控えただでさえ忙しかったところに、昨夜の襲撃だ。今朝もロアが目を覚ますよりずっと早く、アドルファスは寝台を後にしていた。帰りも遅くなると言われていたが、日が高いこの時刻に戻るとはなにかあったのか。驚きと喜びのまま廊下を急ぐと、階段下でセブが足を止めていた。

「ご主人、お仕事はもう終わりですか？　もしかして、賊が捕まったんですか？」

それともまた、別の事態が起きたのか。立て続けに尋ねたロアへ、外套を羽織ったままのアドルファスが向き直る。

「いや、まだだ。用をすませれば、またすぐに出る」

一時的な帰宅と知り、ぶんぶんと振り回されていた尾が止まる。分かりやすく耳を倒したロアが、はっと我に返って右手を示した。

「あ！　お出かけ前に、聞いて下さい。国王様から、昨日のご褒美がたくさん届きました。珍しい反物が…」

握ったままだったリボンは、こうして見比べるとやはりアドルファスの眼によく似合っている。もしかしたらこちらも、フランチェスカが見立ててくれたのか。懸命に訴えようとして、ロアが言葉を途切れさせる。

アドルファスの傍らに、見慣れない人影が立っていた。

この館の使用人ではない。頭からすっぽりと外套を被る男は、まだ年若い貴族の従者のように見えた。お客様ですか。そう尋ねようとして、息を呑む。頭巾の陰に隠れ、青年の顔は分からない。だがきっと、彼は自分の知る男だ。

「ちょ…、国王陛下!?　どうしてここへ」

ロアに続いて階段を下りてきたヒューゴが、裏返った声を上げる。その響きに、外套姿の青年が顔を上げた。頭巾の陰から覗いた容貌は、やはりルーリグの国王、トマスのものだ。

「我が師匠殿に、頼み事があって」

にっと笑った王の口元には、屈託がない。慌てて礼を取ったヒューゴが、階段を駆け下りた。

「そうだとしても、昨日の今日で城からお出になるとは無茶な話でしょう」

口調こそ改めてはいるが、ヒューゴが諫《いさ》めたくなるのも無理はない。いまだ賊が捕縛されない現状で、王が気軽に城を出るなどあってはいけないことだ。

「心配ない。姿を隠してはいるが、十分な数の警護をつけている」

頭巾を脱いだ王が、固く閉ざされた扉の向こうを示した。素早く覗き窓に駆け寄ったヒューゴが、外の様子を確かめる。

「だからって、無茶は無茶です」

「そう怒るな。こうでもしないと、我が師匠殿は捕まらないからな。外出先から一度屋敷に戻ると聞いて、こうして急いで出向いて来た」

「お話しがあるなら、王城までの道中、馬車のなかでお聞きします」

トマス王がここまで訪ねてきたことに、驚いているのはアドルファスも同じなのだろう。馬車を用意しようとした男に、トマス王が首を横に振った。

「いや、師匠殿はこの後もラダフェルからの使者との面会が入っているだろう？　はぐらかさずに応えてくれれば、すぐにすむ話だ」

「そうであれば、尚更馬車へ」

「戦勝式典を欠席するというのは、本当か？」

アドルファスを遮ったトマス王の問いに、息を詰めたのはむしろロアだ。

「欠席…？」

言葉の意味が、理解できなかったわけではない。だがそれはまさに、寝耳に水の話だ。嘘です、そんなこと。即座に声を上げようにも、琥珀色の目を見開くことしかできない。

「確かに、議長へはそのようにお伝えいたしました」

わずかな動揺もなく、アドルファスが頷く。その言葉はどう解釈しても、王の問いを肯定するものでしかない。

「何故だ」

立ちつくすロアに代わり、トマス王が問い質す。氷のようなアドルファスの双眸が、一度ヒューゴを、そして王を見た。

「王もご存知の通り、昨夜の一件を受け式典の会場は勿論、王都の警備自体も大幅に強化されることになりました。そのためには王の兵以外に、元老院からも追加で派兵を依頼する必要が生じます」

「その陣頭指揮を、師匠殿が現場で執《と》るわけか？」

そんなわけはあるまい。

騎士が担《にな》うべき役割を、極力避けてきたアドルファスだ。まさか今回に限って現場に出て、直接兵士を束ねたりするはずがない。そんな非難を隠さない王の問いに、アドルファスが浅く頭《こうべ》を垂れた。

「私は派兵と配置の調整役にすぎません」

「だったら、式典に出席できない理由にはならんだろう」

「僕が…、賊を取り逃がしたからですか…？」

王とアドルファスの遣り取りに、割って入っていいはずはない。それどころか、ここに立っていることさえ遠慮すべきだ。

そうは思ったが、声にせずにはいられなかった。

昨日の一件を、自分一人で解決できたはずだと思い上がっているわけではない。だがアドルファスの犬であれば、もっと役に立てていて然るべきだった。自分の至らなさに声をふるわせたロアを、氷の双眸が振り返った。

「違う。お前はよくやった。他のどの騎士よりもな」

犬ではなく、騎士よりもと、アドルファスはそう言ってくれるのか。だが男が、式典への欠席を撤回しないだろうことはロアにも理解できた。

「職務上、俺の出席が難しくなった、それだけの理由だ。…悪いな。こちらの都合で、お前を振り回すだけの結果になった」

そんなことは、アドルファスが謝ることではない。式典への出席を望んだのは、ロア自身だ。男は、機会を与えてくれたにすぎない。実際参加が叶わなかったとしても、アドルファスが責められることはなにもないのだ。

そもそも式典に出席できたからといって、ここに残れる保証があったわけでもない。全ては勝手に、ロアが期待していただけだ。

始めから、決まっていた。そうだとしても、終わりが来るなら一秒でも先であってほしいと願ってきた。その来るべき結果が、一足早く追いついたというだけだ。

「考え直すべきだ。師匠殿」

声を失うロアに代わり、トマス王が語気を強める。

「これは私ではなく、議会の決定です。会場の内と外の違いはあれど、王に仕える者の一人として国の勝利と繁栄を心からお祝い申し上げております」

「父上はどうなる。黙ってはいないぞ」

決定は、覆すことはできない。そう示したアドルファスに、トマスが食い下がる。

「お前と父上の間になにがあったか、私には想像することしかできない。だがいつも言い訳を並べて逃げ回ってきたお前も、今回の式典が父上の功績を讃えるものでもある以上、腹を括《くく》って参加する心づもりでいたはずだ。そうしなければ、父上やその取り巻きがなにを言い出すか分からんからな」

かつて王位にあった頃、ヨーゼフはアドルファスを自らの剣として厚い信頼を置いてきたという。だが昨夜の劇場で、ヨーゼフは辛辣な言葉でアドルファスをこき下ろし続けた。

「言うまでもないことだか、お前と父上の関係の悪さは我が国の利益にはならん。今回の式典への出席は、お前と父上が和解する機会になるのではと期待したのに」

トマス王はそのために、式典へのアドルファスの出席を望むのか。先王とかつての腹心の軋轢《あつれき》は、王がこうして足を運ばざるを得ないほど深刻なのだろう。驚くロアの視線の先で、アドルファスが首を横に振った。

「和解だなどと勿体ない。私は私の不出来さ故に先王の信望を失いました。今更なんの申し開きの言葉もありません」

「なにがあった？　あの時、テッサで」

テッサとは、先の戦の趨勢を決めた激戦地の一つだ。

街の包囲を担っていたトマスには、壁の内側で起きたことは具《つぶさ》に知りようがないのだろう。尋ねた王に、しかしアドルファスは沈黙で応えた。

「…相変わらず、冷たい師匠殿だな。その調子で黙ったまま、父上が死ぬまで顔を合わせないつもりか?」

　死、という言葉を口にしたトマスにも、アドルファスの双眸はわずかほども揺るがない。語気を弱めることなく、トマスが歯の隙間から息を絞った。

「幸い、今はまだ元気にしてくれている。だがあれほどの怪我を負った上に、歳も取った。いつなにがあってもおかしくはない」

　テッサでの戦いで、ヨーゼフは王位を退くほどの怪我を負った。今は癒えているとはいえ、杖を突いて歩く様子からもかつての重篤さはよく分かる。

「だが王だった男は、王だった男だ。昔とは比べものにならないとはいえ、周りへの影響力は皆無ではない。テッサでなにがあったにせよ、お前に対する父上の冷遇ぶりは目にあまる。昔のように、とはいかないまでも、一度顔を合わせて手打ちを図るべきではないのか」

　そうでないと、と言葉を継いだトマス王が、再び深い息を吐いた。

「そうでないと、父上自身も厄介《やっかい》だが、その尻馬に乗ってお前を追い落とそうとする愚かな輩が、またぞろ湧いてこないとも限らん。なにより元老院と王家の間には、どんな些細なものであれ軋轢は無用だ」

「ご高配、感謝いたします」

　トマス王の言葉は、きっと主君としてのそれだけではない。兄弟のように近くで育ち、剣の手ほどきを受けた友人の一人として、トマスは先王に会えと助言したのだろう。だが深く頭を垂れたアドルファスの声は、臣下としてのそれだった。

「しかしながらヨーゼフ陛下にとって、我が身はすでに過去のもの。自らの過《あやま》ちによってご不興を買ったにも拘わらず、ヨーゼフ陛下は私が国政に加わり続けることをお許し下さった。その寛大さに感謝こそすれ、これ以上なんらかのお取りなしを賜ろうなどと考えてはおりません」

どうか、この件はお忘れになって下さい。

淀《よど》みなく告げたアドルファスが、ロアを連れて下がるようヒューゴに示す。改めて王のために馬車を用意しようとした男の腕を、トマスが摑んだ。

「自分の首が落とされるまで、そうやって涼しい顔でやりすごすつもりか？　血も凍ると噂されるだけのことはあると言いたいが、私はちゃんと知っているんだぞ。師匠殿以上に情に厚い男などいないとな」

君主然とした物言いを保つことさえ、もう諦めたのか。大袈裟に嘆いてみせたトマスが、ロアを振り返った。

「どうしても欠席すると言うなら、代わりに師匠殿の犬を貸してくれ」

「セブ先輩をですか…？」

驚きに、声がもれる。素直に瞬いたロアを振り返り、トマスが笑った。

「セブって、この犬か？　違う、君のことだ」

「僕…？」

なにを、言っているのか。自分のなにが、アドルファスの代わりになれる。こぼれそうに目を瞠ったロアが口を開く前に、アドルファスが進み出した。

「それはご容赦下さい。彼はシュヴァイク博士の元に帰ることが決まっている身。早ければ明日には、迎えが来ます」

　そうだ。式典に出席しない以上、自分がもうこの館に留まれる口実はない。手配さえつけば、今夜博士の元へ送り返されたとしても不思議はないのだ。

「誤解するな、師匠殿。私は彼を愛玩犬として侍《はべ》らせようなんて思ってはいない」

「だったらなんで…」

　呻いたのは、ヒューゴだ。ロアの足元で、セブが気遣わしげに頭を上げる。

「昨夜の一件でフランチェスカが…、私の犬が怪我を負ったのは知ってるだろ？　幸い大きな怪我ではなかったが、式典までに治るかといえば、難しい」

「大丈夫なんですか？　フランチェスカは…」

　足を引き摺っていた、痛々しいフランチェスカの姿が蘇る。やはり、式典への出席が難しいほどの怪我だったのか。顔を曇らせたロアに、トマスが大丈夫だと頷いて見せる。

「安静にしていれば、すぐによくなるらしい。だがそのためにも、彼女の代役を務めてくれる者が必要だ」

「シュヴァイク博士が手がけたロアなら、王の犬の代役を務めるのに適任ってわけか」

　ヒューゴが呻くのも、無理はない。

　女神のようにうつくしいフランチェスカは、式典で王の傍らを飾るにはこれ以上ない存在だ。そんな彼女の代役が、易々と見つかるはずがない。その点、ロアはシュヴァイク博士の末っ子だ。どの犬にも見劣りしない肩書きに加え、いまだアドルファスと正式な契約を結んではいない。一時的に借りるにせよ契約を結ぶにせよ、誰の持ち物でもないロアはそれだけで魅力的だろう。

「昨日の一件で、師匠殿がどれほど彼を大切に思っているか、父上にも理解できたはずだ。そしてロアが、いかに有能かも。昨日のような騒ぎが起こった後で、師匠殿がただ出席を取りやめるのではなく、フランチェスカの代役に愛犬を貸してくれたなら、父上にも師匠殿の献身が伝わるだろう」

どんな理由があろうと、アドルファスほどの立場の者が式典に出席しないのは不自然だ。劇場での一件があった直後となれば、尚更だろう。

劇場でそうしたように、アドルファスこそが剣を取って国王を守るべきだと期待する者も多いはずだ。それにも拘わらず、衆目を集めた犬共々式典に現れなければどうなるか。

ヨーゼフを始め、アドルファスが再度の襲撃を恐れ出席を渋ったと考える者が出てくるに違いない。そうした誤解は避けるべきだと、トマスは言うのだ。

「忠誠を示すために、ロアを人質に出せってことですか。さすがにそいつは…」

思わず口を挟んだヒューゴに、トマスが大きく首を横に振る。

「まさか。あくまでも私の犬として借り受けるだけだ。父上にもその取り巻きたちにも近づけることなく、必ず私が守ると約束する」

「勿体ないお申し出ですが、やはりお断りいたします。私はシュヴァイクから彼を預かる身。たとえ王のご命令であったとしても、彼を貸し出すことはできません」

トマス王の提案に耳を貸すことなく、アドルファスがきっぱりと首を横に振る。

「命令してお前を自由にできるなら、とっくの昔にそうしてる。…師匠殿も分かっているだろう？　昨日のような騒ぎがあった直後だ。お前だけでなく、世間の評判を攫う犬までもが式典への出席を取りやめたとなれば、師匠殿の立場が…」

「僕、式典に出席します」

ふるえる声が、口を突いて出る。だがそれは、ただの思いつきではない。

先王とアドルファスとの間にある溝は、トマス王にとって看過しがたいものなのだろう。当然だ。議会の要職にあるアドルファスと、王族であるヨーゼフとの不協和音は国にとってもトマスにとっても利益にならない。言うまでもなく、アドルファス自身にとってもだ。

勿論そうした利害関係だけでなく、実父と師匠のわだかまりを取り去りたいと、国王には純粋に願う部分もあるのかもしれない。いずれにしても、トマスは国王だ。かつては剣の手ほどきをした間柄とはいえ、アドルファスが家臣であることに変わりはない。ロアを貸し出すのが得策だとトマスが言う以上、その言葉を一方的に突っぱねるべきではないだろう。

「おい、なに言ってんだロア」

ぎょっと身を跳ねさせたヒューゴが、ロアの口を手で塞ぐ。ぶるると身をもがかせ、ロアは王を見た。

「式典の間だけでよければ、僕がフランチェスカの代役を務めます」

「駄目だ」

強い叱責に、背筋がふるえる。

腹へと響く声を上げ、アドルファスがロアを睨めつけた。

「お前を貸し出すことは、絶対にできない。俺にはお前を傷一つつけることなく、シュヴァイクの元へ帰す義務がある」

断固たる声を聞くだけで、身が竦む。それでもトマス王の手前、力ずくでロアを押さえつける真似はできないのだろう。強張る尾を足に巻きつけ、ロアは長い睫を伏せた。

「…僕が、決めたことです。お父さんに…シュヴァイク博士に叱られたら、僕が謝ります」

アドルファスの飼い犬になることもできず、勝手にトマス王の元へ行ったと知ったら養父はなんと言うのか。

疑り深い兄のオペラなら、犬を少し借りるだけ、なんて言葉を信じる奴こそが莫迦だと言うだろう。まだ誰からも首輪を与えられていない犬を手に入れて、それを正直に返す者などいるはずがないのだ。幸運にもトマスが誠実だったとしても、彼以外の者もそうだとは限らなかった。

アドルファスが懸念する通り、養父はひどく怒るかもしれない。だが、そうだとしても構わなかった。式典に出席できない以上、もうこの王都でロアがアドルファスのためできることは他にないのだ。

「聞け、ロア。これはお前が口を出すようなことではない」

「怒らないでやってくれ、師匠殿。必ず、約束は守る。心配なら、いつ会いに来てもらってもいい」

尚もロアを思い留まらせようとしたアドルファスを、王が諫める。そこまで言われ、家臣である男が否やを叫ぶことは難しい。唸りをもらす代わりに、アドルファスがぎりりと奥歯を嚙むのが分かった。

「ロア、君の勇気と忠信に、心から感謝する」

ほっと息を吐いたトマス王が、ロアへと礼を取る。

もし彼がロアの飼い主であれば、それはとてもやさしく、愛情深い仕種といえただろう。だが上手く応える言葉を持たず、ロアは手にしたままのリボンを握り締めた。

立ち上る甘い香りを、深く吸い込む。
温葡萄酒は、大好物だ。焚き火を囲んだ夜に、無骨な手が熱いそれを注いでくれた。あんなにも美味しいものを、ロアは他に口にしたことがない。
赤々と燃える、焚き火の輝き。あたたかくって大きな膝。やさしい手と、仔犬好みの甘い葡萄酒。その後に起きたどんな出来事も、あの日の思い出を霞ませることはできなかった。
大きく息を吐いて、あたたかなカップを両手で包む。今こうして手のなかにあるカップからも、蠱惑的な香りが立ち上った。

きれいに濾《こ》され、たっぷりと蜂蜜が注がれたそれは、あの夜口にした温葡萄酒より余程贅沢なものだろう。だがロアにとっては、あたたかな膝で飲んだ葡萄酒に勝るものはなかった。
「ご主人、ちゃんとごはん食べてますか…」

腰を下ろした長椅子から、背の高い窓を振り仰ぐ。

都を見下ろす丘に位置する王城は、目を瞠るほどに豪奢だ。天井を支える円柱には彫刻が刻まれ、床には磨き上げられた大理石が敷き詰められている。なによりも目を惹くのは、劇場に吊られていたものよりも更に大きなシャンデリアたちだろう。いくつもの水晶で飾られたそれらが、夜には眩い光を放った。

この贅沢な城に部屋を与えられ、今日で二日になる。

もう、二日。いや、まだ二日、なのか。

式典が執り行われるのは、二日後のことだ。てっきり、その日まで自分はアドルファスの元ですごすのだと思っていた。だがトマス王と共に式典に出ることが決まった途端、ロアは王城へ移るよう求められた。準備に充《あ》てられる時間の短さが、その理由だ。猶予を求めたが聞き入れられず、結局その日のうちにロアはアドルファスの館を出ることになった。

自分を送り出したアドルファスの眼を思い出すと、ぺしょりと耳が倒れる。

怒っていた。

ロアが怪我を負った、あの夜と同じだ。いや、もしかしたらもっとずっと、怒っていた。

勝手に決めてしまったのだから、仕方がない。好きにしろと、匙《さじ》を投げられるのではないか。そんな予想に反し、アドルファスは最後まで同行を撤回するようロアに迫った。正直、驚いたほどだ。慌ただしくロアが馬車に積まれるまで、アドルファスは思いなおすよう繰り返した。

式典が終わるまでロアを責任を持って預かると、アドルファスはシュヴァイク博士に約束した身だ。ロアが選んだこととはいえ、約束を反故《ほご》にはできないと、男はそう考えているのだろう。

傷一つつけることなく帰さなければいけないとも、アドルファスは口にした。危ない真似はするなと、自分に約束させたのもそのためか。

あるいはそれだけでなく、ロアをトマスに託したくない理由があるのだろうか。国王の犬として式典に出席すれば、いかにトマスがそれを避けると約束したところで、先の王であるヨーゼフと顔を合わせる機会はあるはずだ。事情をよく知らないロアに下手に嘴《くちばし》を突っ込まれるようなことがあれば、尚更問題が拗《こじ》れかねない。そんな、危惧《きぐ》があるのだろうか。

そうだとしても、あのままなにもせず養父の迎えを待つことはできなかった。

幸いだったのは、トマス王が今のところ約束を守ってくれている点だ。

ロアを先王と会わせることもなければ、自分の愛玩犬として侍らせる気もない。その言葉の通り、トマス王がロアを自分の寝所に呼ぶことはなかった。それどころか犬というより、賓客の一人としてもてなしてくれている。式典後には直接シュヴァイク博士の元へ帰すのではなく、一度アドルファスの屋敷へ送り届けるとまで約束してくれていた。

「ご主人、もしかして焦げたパンを食べずにすんで、案外元気だったりしますか…」

声に出してみると、なんだかその可能性が高い気がしてくる。無論それならそれで、嬉しいことだ。ロア自身、王城に迎えられて以来焦げたパンとは縁がない。潤沢な使用人に囲まれた王城では、ロアが厨房に立つ必要など全くないのだ。

「ご主人…」

焦げていないパンもこのあたたかな葡萄酒も、とても美味しい。だけどアドルファスに会えないのは、それ以上に寂しい。内側に丸まった尾を揺らしたロアの右手で、扉が開いた。

「アンバーロット様、どうぞこちらへ」

「はい！」

名前を呼ばれ、カップを置いて立ち上がる。

ロアが通されていたのは、広い中庭に面した控え室だ。今日は午後から、フランチェスカと会う約束になっている。本当はもっと早く見舞いたかったが、式典のための準備が立て込んでいたのだ。さすがに王族の犬役を務めるとなると、必要な打ち合わせも多岐《たき》に亘る。当日身につける衣装の確認や、会場となる闘技場での動きなど、それぞれの担当者にみっちりと説明された。

ただでさえ大規模な式典である上に、劇場での一件があった後だ。誰しもが、常以上に神経を尖らせていることが分かる。いまだ襲撃者たちが捕まっていないことを思えば、仕方がない。

式典までに事態が少しでも進展すれば、皆安心できるのに。静養を余儀なくされているフランチェスカなどは、特にそうだろう。尾に飾ったリボンをちらりと見下ろし、ロアは白い扉をくぐった。

「こんにちは、フランチェスカ。足、まだ痛みますか？」

通されたのは、いくつもの絵画が飾られた広い部屋だ。赤く塗られた壁が見えないくらい、大きな絵やタペストリーが四方を埋めている。うつくしく圧倒されるが、しかしここまでの間に通り抜けてきた部屋や通路とは不思議と趣《おもむき》が異なった。

「フランチェスカ？」

王の犬とは居間の一つで会うはずだったが、ここはどこなのか。部屋を間違えたのかと周囲を見回し、ぎくりとする。

部屋の奥に、痩せた背中があった。杖を手にするその男が誰か、誰何《すいか》するまでもない。

「ヨーゼフ、様…」

上擦ったロアの声に、壁の絵を見上げていた男が振り返る。窓から差し込む日差しを浴びるのは、トマス王の父であるヨーゼフだ。

「主人の元を離れてこんな所にまで迷い込むとは、随分無防備な犬っころだな」

薄い唇が、刃のような皮肉を吐く。

「ご…、ごめんなさい。部屋を、間違えました」

「いや、間違ってはいない」

深く頭を下げて、ロアが白い扉へと飛びつこうとする。だが上手く開くことができなかったそれに、背筋がふるえた。

「いや、違うか。過ちといえば、立派な過ちだ。この城に来たことがな」

「なにを…」

ロアが、何故今この城にいるのか。ヨーゼフはその経緯を、知っているのだろうか。そうであれば、自分はどうヨーゼフに挨拶するのが正解なのか。戸惑うロアに、ヨーゼフが体ごと向き直った。

「アドルファスも、随分愚かなことをする。…尤もあいつは、この五年間過ち続きであるわけだが」

「ご主人は、悪くありません…！」

弁明が、思わず口を突いて出る。

たとえ相手が先の国王であろうと、自分の行いでアドルファスを悪く言われるのは苦しい。なにより今日ここにロアがいるのは、ロア自身の決断なのだ。

「主人のためになら、儂《わし》に噛みつきもするのか。相変わらず、シュヴァイクの犬は健気《けなげ》だな」

ヨーゼフの口から出た養父の名に、耳が撥ねる。いや、驚くようなことではないのかもしれない。

かつてヨーゼフは、養父の支援者を務めていた時期があると聞く。親交の深さがどれほどかは別として、博士と王族が繋《つな》がっていること自体は不思議ではないのだ。

「シュヴァイクの末っ子だったな。随分と大きくなったものだ。…儂を憶えているか？」

それは、気紛れな問いだったのだろう。尋ねた先王自身が、いや、と首を横に振った。

「憶えているはずがないか。お前は…」

「憶えて、います」

そうだ。憶えて、いる。

鮮明な記憶とは、言いがたい。だがいくつかの情報を繋ぎ合わせれば、それがヨーゼフであることが理解できた。

「…本当か？　お前はまだほんの仔犬だったというのに」

軽く目を見開いたヨーゼフが、感心したように肩を揺らす。実際の年齢以上に深い皺を刻んだ男の手が、艶やかな杖を握り直した。

「面白い。実に…、面白い。シュヴァイクの犬というものは」

愉快そうに呟《つぶや》き、ヨーゼフがロアへと踏み出す。ずず、と足を引き摺った先王が、痩せた腕を伸ばした。

「だがその興味深さは、時として主人を窮地に陥《おとしい》れる。今回のようにな」

「…っ」

小作りなロアの顔を、ごつごつとした手が摑む。否、掌を押し当てて、撫でようとしたのか。ヨーゼフの手はかつて、剣を握ったものなのだろう。枯れ枝のような先王の手の甲や腕には、いくつかの傷痕が浮いていた。

「僕がここに…、お城に来たのは、僕自身の判断です。ご主人には、ご主人の考えがあったと思います。でもご主人は、どうしても式典に出られなくなって…。だからって、ただ欠席するだけでは、ヨーゼフ様を誤解させてしまうかもしれないから、それで、僕が…」

唇ごと顎をさすったヨーゼフの指に、耳だけでなく声がふるえる。

これでは、アドルファスが危惧しただろう通りではないか。到底自分の言葉が、ヨーゼフを納得させるものだとは思えない。だがそれでも、アドルファスには悪心の一欠片すらないことをヨーゼフに示さなければ。その一心で言葉を重ねたロアの顳顬《こめかみ》を、指の背がぞろりと撫でた。

「犬。お前は、聞かされているのか？　あの日なにがあったのか」

あの日。

ロアの言い訳など、少しも耳に入れてはいなかったのか。出し抜けに尋ねられ、ロアが瞬く。

「あの日って…？」

「聞かされては、いないのか。全く、なにからなにまで面倒をかけさせる男だ」

「ご、ご主人は…！」

悪《あ》し様《ざま》に吐き捨てられ、ロアの耳に力が籠もる。だが思えば、トマスもアドルファスの館で似たようなことを口にしていたはずだ。

あの日、テッサでなにがあったのか。きっと、二人の言葉は同じものを指しているのだろう。そしてそれこそがヨーゼフとアドルファスを決裂させ、アドルファスが剣を置くことになった原因なのではないか。

「…なにが、あったんですか、テッサで」

「聞きたいか？」

にやりと、ヨーゼフが笑う。

まるで、獲物を前にした狡猾《こうかつ》な獣だ。ヨーゼフも怪我を負う前は、屈強な戦士だったと聞く。だが今はがっしりとした骨格だけを残し、痩せた足が屈曲した体を支えていた。

「…本当のこと、なら」

聞きたいです。そう応えたロアの慎重さが、気に入ったのか。歯を見せて、ヨーゼフが笑った。

「いいだろう。ついて来い」

「え…？」

ロアの頬から離れた指が、西の壁を示す。絵が飾られたそれは、ただの壁だ。驚くロアに構わず、壁際へと進んだヨーゼフが額縁へと手を伸ばした。

「ヨーゼフ様、なにを」

額縁を探った先王の指に応え、かちりとちいさな音が鳴る。ゆっくりと開いた壁の一角に、ロアは息を呑んだ。

「扉が…」

こんな場所に、隠し扉があったのか。入れ、と促され、ロアはぎくりとして両足を踏み締めた。

「どうした。来い」

先に立ったヨーゼフが、早くしろと促す。

壁の向こうに続いているのは、薄暗い通路だ。足音を消すために絨毯が敷かれたそれが、どこに繋がっているのか。城内に不案内なロアには、まるで見当がつかない。そもそも行き先だけでなく、ヨーゼフの意図そのものが分からないのだ。

「ぐずぐずするな。…アドルファスのためだと言わなければ、動けないか？」

「っ…、どういう、意味ですか」

「言葉の通りだ」

まさか、アドルファスの身の上になにか起きようとしているのか。ぎょっとしたロアの腕を、伸ばされた先王の手が摑んだ。

痩せたそれは、思いのほか力が強い。ぐ、と引かれ、足元が縺れた。

「待って下さい！　ご主人に、なにを…」

「そこまでです、父上」

もがいたロアの背後から、強い声が飛ぶ。

どうして、ここにいると分かったのか。フランチェスカの元に姿を現さなかったロアを、捜してくれていたのかもしれない。背後の扉を開け放ったトマス王が、大股に部屋へと進んだ。

「…こいつはまた、面倒なことになったな」

ロアの腕を摑んだまま、ヨーゼフが低い舌打ちをもらす。

「なにをおっしゃっているのですか、父上。お姿が見えず捜してみれば、まさか私の大切な客人をこのような場所に呼び出していたなんて」

真っ直ぐに咎めたトマスが、父親の腕からロアを引き剝がした。トマスに続いた従者たちに促され、ヨーゼフもまた通路を出る。

「呼び出してなどおらん。その犬が偶然迷い込んできただけだ」

「またそのようなことを…。一体なにをしていたんです。ここで」

散歩に行くとおっしゃっていたのに。そう正したトマスが、ぐるりと部屋を見回す。

「散歩だ」

「地下に繋がる、隠し通路へですか」

眉間に深い皺を寄せ、トマスが壁の隠し扉を閉ざした。

「どうしてこう、父上は周りを振り回したがるのです。…まあいい。散歩は終わりです。お話があるので、お捜ししていたんです。一緒にいらしていただけますか」

ヨーゼフを促したトマスに、ロアが堪えきれず腕を伸ばす。

「お願いがあります、トマス王…！」

ロアが声を上げるとは、考えていなかったのだろう。二対の目が、驚いたように瘦軀《そうく》を振り返った。

「少しだけでいいんです。すぐに、戻りますから、ご主人のところに帰らせて下さい」

急に、なにを言い出すのか。咎められて当然だとは思ったが、願い出ずにはいられなかった。

「どうしたんだ、ロア。父上がしたことは謝る。だから、帰りたいなんて言わないでくれ」

「違います！　式典には、出ます。ただ今すぐ、ご主人に会いたいだけです」

約束通り、式典には出席する。だがその前に、アドルファスの声を聞きたかった。

飼い主のためだと脅さなければ、隠し通路に入る気がしないのか。そう、ヨーゼフは言った。あの言葉の意味は、なんだ。ロアがヨーゼフに従わなければアドルファスに累《るい》を及ぼすと、そうした脅しか。あるいはすでに、アドルファスになんらかの問題が生じているのか。

目の前のヨーゼフに組みついて、問い質してしまいたい。だがトマスを前に、先王が事実をありのまま話すとは思えなかった。そうである以上、自分の目で確かめるしか安心はできない。訴えたロアに、トマス王が眉間の皺を深くした。

「こんな形で父に会わせたばっかりに、君を不安にさせてしまったんだな。本当に、すまなかった」

「じゃあ…」

このまま、アドルファスの元に帰してくれるのか。ぴんと耳を立てたロアに、王がだが、と首を横に振った。

「君を帰すことはできない」

「どうしてですか」

日が落ちる前に、必ず戻ってくる。重ねようとした懇願を聞くことなく、トマスが先王を振り返った。

「これから父上に、大事な用があるからだ」

「儂に用があることと、その犬っころにどんな関係がある。犬ごときがどこでなにをしていようと知ったことではない。腰抜け騎士の元に行くというなら、好きにさせておけ」

　こんな話は終わりだと言わんばかりに、ヨーゼフが手を振る。部屋を出ようとした先王に嘆息をもらし、トマスがロアへと目を向けた。

「先日劇場で起きた、襲撃。あれに関わっていると思われる者たちを捕らえました」

「本当ですか…!?」

　思いがけない知らせに、高い声がもれる。

　ようやく、進展があったのか。それは、誰にとっても吉報だ。

「本当だ。あの時、君には随分世話になった」

「いえ、世話だなんて。…それより、ご主人はどこですか？　もしかしてその賊の捕縛に？」

　賊の捕縛に、アドルファスは関わっているのだろうか。もしそこでなにかが起きていたら、トマスもこれほど冷静ではいないはずだ。では、ヨーゼフの言葉はただの威嚇《いかく》だったのだろうか。不安に視線を揺らしたロアに、トマスが腕を伸ばした。

「どうあっても、君は師匠殿に会いたいと？　…だったら仕方ない。父上と鉢合わせることがないようにという約束を、破ってしまったからな。埋め合わせをさせてもらおう」

　ロアの肩を引き寄せたトマス王が、廊下へと通じる白い扉を示す。

　アドルファスに、連絡を入れてくれようというのか。逸る気持ちで廊下を進もうとしたロアを、トマスが北の階段へと案内した。

「どこへ行くんです、トマス王。ここは…」

螺旋《らせん》を描く大理石のそれは、上階にあるロアの部屋へと繋がるものではない。正面の出入り口へと通じる、大階段とも異なった。

もしや城から街へ降りる、より簡易な出入り口がこの先にあるのだろうか。尋ねたロアの手を、トマスがするりと掬《すく》い上げた。

「アドルファスに、会いたいんだろう？」

光が差すように、鳶色の目が笑う。快活なその色に、後ろに続くヨーゼフが憎々しげに口元を歪めるのが分かった。

「我々を襲撃した首謀者は、師匠殿だ。君の望みを叶える代わりに、私にも力を貸してくれないか」

屈託のないトマスの唇には、なんの痛痒《つうよう》も浮かんでいない。笑うそれが、ちゅ、と音を立ててロアの指先に口づけた。


冷気が、踝《くるぶし》を舐める。

螺旋になった階段を下りるごとに、氷のような空気が肌を締め上げた。だがそんなこと、今はどうだっていい。心臓がきりきりと悲鳴を上げて、視界が狭くなる錯覚があった。

「王…！　待って下さい！　おかしいです、こんなこと…！」

訴える自分の声が、冷たい石の壁に響く。だがロアがいくら吠えようと、前を歩くトマス王の足取りが乱れることはない。落ち着いた歩調で、トマスが灰色の階段を踏んだ。

「トマス王！」

丘の上に建つ城の姿を、怪物を踏みつける聖獣にたとえる者は多い。堅牢にして、優雅。だがその下に広がる地下構造は広く、息苦しいほどに陰鬱《いんうつ》だ。剣を提げた兵士たちに囲まれていては、尚更だろう。

一体、なにがどうなっているのか。

劇場を襲撃した首謀者はアドルファスだったと、トマスは言った。そんなこと、あり得ない。

あの時、アドルファスは真っ先に王たちを守った。本当にアドルファスが首謀者であり、蜂を使って誰かを仕留めるつもりだったなら、自身が現場に居合わせる必要はないのだ。

そうでなくても生活を共にするなかで、ロアは一度たりともアドルファスの不審な言動を見聞きしたことはなかった。屋敷に怪しげな人物が出入りすることも、人目を忍んで誰かと連絡を取り合っていた様子もない。アドルファスが襲撃に関わっていたとは、到底考えられなかった。それは、トマス王にとっても同じはずだ。

「間違ってます！　一体、どうして…」

何故、アドルファスが首謀者だという嫌疑《けんぎ》が浮上したのか。応えを求めるように、後方を振り返る。

固い杖の音を響かせて、ヨーゼフもまた古びた階段を下りていた。

まさかこれこそが、ヨーゼフが策略を巡らせた結果なのか。そうでなかったとしても、先王はなにか事情を知っているはずだ。声を上げようとしたロアの前で、トマスが足を止める。

階段が終わり、現れたのは錆《さび》が浮いた鋼鉄《こうてつ》の扉だ。

重々しいその姿に、踝からふるえが湧く。控えていた衛兵が、王に応え扉を開いた。

「っ……」

むっと、淀んだ鉄の匂いが鼻先に触れる。

扉の向こうに広がるのは、広い円形の部屋だ。吹き抜けになったその最上部は、わずかだが地上に届いているのだろう。弱い日の光と松明の明かりに浮かぶ床に、十字に走る溝が見えた。だがなによりロアの目を引きつけたのは、汚れた床に引き据えられた男の姿だ。

「ご主人……！」

上着を剝がれた姿は、平素のアドルファスからはかけ離れている。だが、見間違えるはずもない。乱れた金髪の向こうで、氷のような双眸が瞬いた。

「待たせたな、師匠殿」

扉をくぐったトマス王が、右手を上げる。その明朗《めいろう》な笑みは、過日劇場で目にしたものと変わりがない。罪人同様に扱われるアドルファスを前に、どうしてそんな目ができるのか。

「どうしても会いに行きたいと言って聞かないから、師匠殿の犬も一緒に連れてきた」

「トマス王！　これは誤解です！　ご主人は絶対に、王を裏切ったりしません」

そんなこと、トマス王にも分かりきっているはずだ。いや分かっていて、アドルファスを鎖《くさり》に繋いでいるのか。

何故。

混乱に揺れる目で、ロアがヨーゼフを振り返る。だが杖を突く先王の視線は、ただ真っ直ぐに息子とアドルファスとを捉えていた。

「師匠殿の犬はああ言っているが、師匠殿の意見はどうだ？」

トマス王の声は、やはり朗らかに響く。

引き据えられたアドルファスが、ぎり、と奥歯を噛むのが分かった。

どれほど、手荒に扱われたのか。三人の兵士に押さえつけられたアドルファスの着衣は血で汚れ、片袖がちぎれかけている。とてもではないが、立場ある貴族への扱いとは言いがたい。

「応えたくないか。仕方がない。幸い、告白書はすでにここにある」

王の言葉に、従者の一人が書類を広げて見せる。染《し》み一つないそれには、アドルファス自身の署名があった。

「師匠殿は王座を私《わたくし》のものにせんと願い、カッセルの兵と通じて私と父上の殺害を企てた。重臣の裏切りは私にとっても痛手だが、これまで父上が強いてきた冷遇を思えば無理からぬことだ」

「嘘です！　そんな告白書、ご主人が……！」

アドルファスが、ヨーゼフと距離を置いていたのは事実だろう。だがそれを理由に、王家の転覆《てんぷく》を狙うなどあり得ない。そんな罪を犯すこともなければ、犯してもいない罪を告白するはずもなかった。

全て、まやかしだ。

アドルファスは、裏切ったのではない。裏切られたのだ。

確信に、唸りがもれる。

「っ…」

何故だ。吠えようとしたロアを、瘦せた腕が摑んだ。足を引き摺ったヨーゼフが、やめろ、と唇を引き結んだまま視線で示す。

「そこまでにしておけ、トマス。重臣であるアドルファスに手を嚙まれたとあっては、お前の威光に傷がつく。それよりそやつを生かし利用することこそ、お前の利益に適うはずだ」

苦々しい父親の声に、トマスが視線を振り向ける。

「珍しい。父上が、私の利益を慮《おもんぱか》って下さるとは」

皮肉を隠さない響きは、やはり快活だ。

もしそこに苦痛や怒りが混ざっていたなら、一縷《いちる》の望みを繋げたかもしれない。だが愉快そうに笑うトマスの口元からは、父親の進言に耳を貸す気配は微塵も見受けられなかった。

「儂はずっと、お前を気にかけてきた」

「ご自身の信念を貫き通してきた、の間違いでしょう」

肩を竦めたトマスが、ロアを見る。

「君は父上から聞いたか？　テッサでなにがあったか」

戦火に晒されたテッサで、なにが起きたのか。真実を知りたいかと、ヨーゼフは尋ねた。だが隠し扉をくぐることを躊躇したロアは、結局その詳細を知るには至っていない。その事実を、素直に口にするべきなのか。迷ったロアに、トマスが笑みを深くした。

「怪我を負った父上は、あの時アドルファスにこの国の王となるよう迫った。私という世継ぎがいながらな」

「な…」

ルーリグの王は、元老院の承認を得て初めて王冠を戴ける。王の実子であっても、元老院を無視しては王座に就けないのだ。王家の血が途絶えた場合、次の王は元老院によって選出される。過去には実子がありながら、王冠を議会に返した王もいた。

ヨーゼフもまた、トマスという世継ぎを持ちながら王冠を元老院へ、そしてアドルファスへと譲ろうとしていたのか。驚きのままアドルファスを見るが、男の双眸は瞬くことすらしない。ぽつ、と、音もなく、アドルファスの額を流れた血が床へと落ちた。

「何度言えば分かる、息子よ。そんな事実はない」

「父上の嘘を信じていられたら、私も幸せだったでしょう。だが生憎《あいにく》、私はあなたに似て疑り深い。真実を知った以上、より幸福になる道を模索するしかありません」

ヨーゼフの言葉を嘘だと断言するだけの確信が、トマスにはあるのだろう。固い足音を響かせて、トマスがゆっくりと石の床を踏んだ。

「父上は、王位に就くようアドルファスに迫った。死にゆく王の、最期《さいご》の頼みだと。だが師匠殿はそれを拒んだ。ヨーゼフ王の一番のお気に入りで、誰よりも王に忠実だった騎士が、初めて主人の命に背いたわけだ」

鳶色の目が、血を流すアドルファスを見下ろす。氷のようなアドルファスの眼が、逸らすことなくそれを見返した。

「何故だ、師匠殿。不肖《ふしょう》の弟子を、憐れに思ったからか？」

尋ねたものの、トマスはアドルファスの応えなど欲しがってはいないのだろう。弁明の一つもないアドルファスを見下ろし、愉快そうに肩を揺らした。

「理由はどうあれ、師匠殿は首を縦に振らないまま重傷の父上を王都に連れ帰った。幸か不幸か父上は命を取り留め、意識を失っていた一月《ひとつき》の間に、私は王位を継ぐための足場を固めた」

戦いの趨勢が決した後とはいえ、王の崩御《ほうぎょ》が伝われば士気に関わる。後継者を巡って、争いが起きれば尚のことだ。トマスの根回しや元老院の思惑が重なって、ヨーゼフ王の死を待たず王冠の行方が定められた。

「私の戴冠後、師匠殿は死に損なった父と私を残し、自身の領地に引き籠もろうとした。だが諦めの悪い父上はそれを許さず、結局師匠殿を元老院の要職に収めた」

「王を…、トマス王を、支えるためです…！　ご主人は王位なんかじゃなく、トマス王と国を支えることを選んで…」

トマス王の言葉が真実だとしたら、アドルファスには今更王座を狙う理由などない。

王冠を断ったのはアドルファス自身で、あまつさえ王都を離れようとしていた。そんな男が自分の地位を脅かすと、トマス王は本気で考えているのか。

確かに救国の騎士と崇められる男の影響力は、毒にも薬にもなる。アドルファスを権力の中枢に置き続けることが不安なら、職を解いて領地に押し込めておけばいい。アドルファスという英雄を地に堕とすより、余程王自身の利益に適うはずだ。

「聞いたか、師匠殿。よく吠える可愛い犬だ。師匠殿を冷血だと恐れる者がいると聞くが、私も見当違いだと考えている。師匠殿くらい情に厚い男を、私は他に知らない」

こつ、と床を踏んだ王が、部屋の隅へと視線を投げる。

槍を携えて立つ兵士たちの足元に、積み上げられたなにかがあった。床に蟠《わだかま》る影のせいで、一見すると汚れた袋のようにも見える。だが改めて目を凝らせば、床の溝に血をしたたらせるそれらが裸の男たちであることが分かった。

「な…」

溶けた蠟《ろう》のようにぬるりとした肌は、すでに生者のそれではない。

ある者は首を落とされ、ある者は喉を掻き切られ死んでいるのだ。

「襲撃の嫌疑ありとして目の前で部下を捕らえてやったら、師匠殿は烈火《れっか》の如く抗議した。文句があるなら同行しろと言えば、逃げるどころか本当にのこのこ着いて来た」

その結果が、これなのか。口元を歪めたトマス王が、薄い下唇をぺろりと舐めた。

「正直、拍子抜けしたくらいだ。部下を見捨てた卑怯な逃亡者として、師匠殿を追い回すのを楽しみにしていたのに」

「騙《だま》したんですか…！　ご主人様は、その人たちのためにここまで来たのに…！」

アドルファスの部下が、本当に襲撃者であったとは思えない。アドルファスを城に引き立てるための口実として、トマスが利用したにすぎないのだろう。

なんてことを。

　たとえ王の兵が相手でも、アドルファスがその気になれば簡単に捕縛などされまい。トマスとの間に王冠を巡る経緯があったとすれば、当然アドルファスは王の挙動を警戒していたはずだ。襲撃の嫌疑が部下にかかった時点で、その意図がどこにあるか理解したに違いない。

　罠だ。

　明々白々であったはずだが、アドルファスは逃げなかった。自分とトマス王との確執に、他者が巻き込まれることを嫌ったのか。あるいは逃げたところで、解決にはならないと考えたのか。

　いずれにせよ、アドルファスが今こうして血を流しているのは、姑息《こそく》な奸計《かんけい》の結果だ。そしてそんな男の目の前で、王は部下の首を刎《は》ねたのか。

「この期に及んで式典への出席を取りやめる師匠殿にも責任がある。本当ならもっと華々《はなばな》しく、式中に捕らえてやる予定だったのに」

「トマスよ、それが王としての、お前の振る舞いか？」

　喉に絡んだ嗄《しゃが》れ声が、低く落ちる。居並ぶ兵士を押し退けるように、ヨーゼフが半歩踏み出した。

「儂がお前ではなくアドルファスを王にと望んだ、その与太《よた》話が真実だったとして…、その場合、お前が恨むべきは儂だろう？」

　トマスの言葉が事実ならば、恨むべきは自身を拒絶した父親ではないのか。そうであるにも拘わらず、トマス王は今日まで父親を生かし続けてきた。

「儂は剣としてアドルファスを用いてきたが、息子として愛したのはお前だけだ。王となる者として厳しく躾けるあまり、お前が儂の気持ちを疑ったのなら、それは王である以前に親である儂の咎だ」

ずず、と不自由な足を引き摺るように、ヨーゼフが息子へと近づく。背後に控える兵たちが、それを阻むべきかトマス王に目で窺《うかが》った。

「息子として、私を愛した？」

訝る響きが、トマス王の声に混じる。それはこの地下で、初めて耳にした率直な響きだった。

「そうだ。我が息子よ」

トマス王との距離を詰めたヨーゼフが、杖を手放す。乾いた音を立てたそれに構うことなく、先王が腕を広げた。

祈る、動きではない。抱擁の形だ。

自分へと差し伸べられた腕に、トマスが目を見開く。

半歩、トマスがたじろいだかに見えたのは錯覚ではないはずだ。動揺を覗かせた息子へと、ヨーゼフが迷うことなく腕を回した。

「王として、儂は可能な限り務めを果たしたつもりだ」

かつてのヨーゼフは、今のトマス王に比べても上背で引けを取らなかったはずだ。だが不自由に折り曲げられた体は、枯れ木のように痩せている。その両腕をしっかりと背中に回され、トマスが息を詰めた。

「だが父親としては至らなかったと、そうお前が恨むなら、この死に損ないを生かしておく必要はない。息子として、いかようにも儂を好きにせよ。そして王として、賢く正しい道を選べ」

「父、上…」

トマスが先王から、どのような扱いを受けてきたかは推《お》し量《はか》りようもない。だが瀕死の怪我から命を拾った後も、先王が息子を強く抱き締めることは稀だったのだろう。声をふるわせたトマス王が、兵士たちの前であるのも構わず顔を歪ませた。

その手が、父親の腕を掴む。

縋ると、言うべきか。

頽《くずお》れたトマスを突き放すことなく、ヨーゼフが両腕に力を込めた。

「父上…」

嗚咽《おえつ》を混ぜたトマスの声に、ヨーゼフが息子の名で応える。トマスの額へと頬を押し当てたヨーゼフの体が、しかし次の瞬間大きく揺れた。

「が…」

トマス王の拳が、ヨーゼフを撲ったのだ。

一度、二度と容赦なく腹を抉られたヨーゼフが、声もなく悶絶する。

「トマス王！」

叫んだのは、アドルファスだ。

鋼《はがね》のような咆吼が、石の壁を打つ。

びりびりと、空気が揺れるのが分かった。息を詰めたのは、ロアだけではない。ぎょっと目を剝いた兵たちが、慌ててアドルファスの首にかけた縄を引いた。

「ッ…」

呻いたアドルファスの視線の先で、ヨーゼフが膝から崩れ落ちる。

余程強く、殴りつけられたのだろう。息も継げないまま、ヨーゼフが迫り上がった胃液を撒き散らした。

「ヨーゼフ様！」

駆け寄ろうとしたロアを、兵士が摑む。そんなものには一瞥もくれず、トマス王が苦悶する父親を覗き込んだ。

「父上、確かにあなたは王としてあらん限りの力をつくした。時に、非情なほど。王冠を失った後でさえ、アドルファスと不仲だという下手な芝居を打ってまで、王都に師匠殿を残しさえした」

「芝居…？」

先王とアドルファスの間にある溝は、見せかけにすぎないと言うのか。王位を退いた後とはいえ、ヨーゼフが表立ってアドルファスを頼りにすれば、トマス王の疑心を招きかねない。王都にアドルファスを残す以上、関係は決裂したと見せかけるのが得策だったと、そう言うのだ。

「父上は王の鑑だ。その剣である師匠殿は、忠臣の鑑。伝説の騎士と崇められ、道義心に篤《あつ》い師匠殿と手を携え国政に励めば、我がルーリグは父上の御代《みよ》と同じ程度には繁栄するだろう」

「そう、だ…、お前は、賢い、王…」

「御免被る」

喘いだ父親を、トマス王が斟酌《しんしゃく》なく蹴り上げた。

「や…！」

駄目だ。そんなこと。

堪えきれず、肘を振るって身をもがかせる。髪を掴もうとした兵の腕を振り切り、ロアはヨーゼフへと覆い被さった。

「私の王冠は、アドルファスから譲られた施し物か？」

ロアになど、まるで関心がないのだろう。父親を睨めつけたトマスの双眸で、松明の影が暗く揺れた。

「私はアドルファスに、王にしてもらったわけではない」

今トマス王が玉座に座れるのは、アドルファスがそれを必要としなかったからだ。

そして伝説の騎士と崇められる男が野心を抱くことなく民につくすからこそ、トマスは王としてルーリグに君臨できている。

優れた忠臣に恵まれることに、どんな不満があるのか。だがトマスにとって、それは許しがたい恥辱なのだろう。

「ご主人は、そんなふうには、少しも…」

自分がトマスを王にしてやったなどと、アドルファスが考えているわけがない。そもそもそんなことに関心があれば、喜んで王冠を受け取っていたのではないか。

アドルファスの心のあり方は、トマスとはあまりにもかけ離れている。ヨーゼフが息子に王座を譲りがたく思った理由があるとすれば、それではないのか。

「勿論、師匠殿には感謝している。お蔭で国庫は随分と潤った。今回の式典は、師匠殿への餞《はなむけ》だと思ってほしい」

機嫌よく告げ、トマスが吐瀉物《としゃぶつ》で汚れた靴を父親の上着で拭う。

「本当なら父上は劇場で怪我を負い、その悲劇で国民の関心を引く予定だった。師匠殿とその犬のお蔭で、随分計画が狂ってしまったがな」

劇場での、計画。それがなにを指すかは、明白だ。

「あれは、やっぱり…」

誰が、劇場を襲ったのか。それは蜂を用いる財力と機動力を持ち、王都に深く潜伏できる者たちだ。隣国カッセルが放った暗殺者だと言えば、信じる者もいるだろう。だがそうだとするには、不自然な点も多かった。

先の戦いで国土を削ったカッセルは、いまだ国力を回復できていない。それどころか尾を引く内乱の結果、今では実質的に隣国レヒンの属国となっている。レヒンが望めば別だが、目覚ましい復興を続けてきたルーリグとの間に、今火種を抱えたくはないだろう。

だがもし襲撃が、トマス王自身によって仕組まれたものであったなら。そうであれば、降って湧いた賊が王族を襲い、そして忽然《こつぜん》と消えたのも理解できた。

「だが結果的に、君と師匠殿があの場で注目を集めてくれたのは正解だった。これまでのアドルファスの英雄譚が、いかに虚飾に満ちたものだったか皆が知ることになるだろう。師匠殿が席を置く元老院の権威も、削がれるというものだ」

「ご主人の戦歴が嘘だったって、そう言うつもりですか…!?」

襲撃の現場となった劇場で、アドルファスは犬と共に喝采《かっさい》を浴びた。だがそのアドルファス自身こそが襲撃の首謀者だったとなれば、評価は当然地に落ちる。

自分で火を放っておきながら、図々しく英雄面をしていたのだ。今までも、ずっとそうだったのではないか。救国の騎士なんてものは見せかけで、華々しい戦果の全ては嘘だった。現実のアドルファスは醜《みにく》い裏切り者で、恩義ある先王の暗殺を企て国家の転覆を謀《はか》ろうとした、と。

トマス王はそう、民に喧伝《けんでん》しようというのだ。

「真実かどうかなど、気にする者はいない。咎人の首を刎ねれば、莫迦な民どもは熱狂する。師匠殿のお蔭で、式典はこれ以上なく盛り上がるだろう」

だが、と、トマスが左右の腕を広げて見せた。

「だが、私にも慈悲はある。私を裏切り続けた父上と師匠殿に、等しく助命の機会を与えたい」

慈悲という言葉ほど、この場にそぐわないものもないだろう。寛大な王の顔をしたトマスに、うう、とロアの唇から唸りがもれた。

「石のありかを、先に教えた者の望みを叶えよう」

「石…？」

なにを、言い出すのか。

眉をひそめたロアの腕を、ヨーゼフが強い力で摑んだ。

「残念なことに、我が父上がアドルファスに差し出したのは王冠だけじゃない。この死に損ないは、この世で最も価値のある石までを師匠殿に与えようとした」

この世に、値の張る石は数多ある。

トマス王の指で輝く大粒のダイヤモンドも、きっと目を瞠るほど高価なものだろう。その胸元で揺れる、金の鎖だってそうだ。

だがそうした宝石以上に、誰しもが血眼《ちまなこ》になって求める石が存在した。

それは地中深くに眠り、人の手では易々と触れられない稀少な石だ。

「まさか…」

「さすが、シュヴァイク博士の犬だ。察しがいいな。…そう、太陽の小石だ」

その昔、エルトール博士は地上にちいさな太陽を生み出した。

爆発的な力を秘めたそれは、地中深くに眠る石から取り出される。エルトール博士はその源《みなもと》となる石を、灰色の屑石と呼んだ。

星の残滓《ざんし》とも讃えられる石は、一見するとなんの変哲もない鉱石に見えた。実際似たような外見の石は、広い地域で採取される。だが太陽を含んだ石は極めて稀で、その鉱脈は黄金よりも細い。エルトール博士の直弟子たちでさえ、入手には悩まされたという。

「いかに要所とはいえ、テッサを奪取するためだけに国随一の騎士を呼び寄せ、王自ら城内へ入るなどおかしな話だと思うだろう？　街以上に、取り戻したいものがそこにあったからだ」

「でも…、テッサは銀山です。太陽の小石なんてあるわけが…」

テッサはルーリグの繁栄を支えた街ではあったが、太陽の小石を採掘するための鉱脈は持たない。

そんな場所に、何故太陽の小石がある。

「曾祖父《そうそふ》が密かに手に入れ、父上がテッサに隠した我が王家の宝だ。君の創り主であるシュヴァイク博士が持つ、灰色の屑石の破片だという噂もあるが」

　そんな話は、養父からも聞かされたことがない。

　現代において、灰色の屑石は採掘や売買は勿論、所持に関してさえ厳格な取り決めがなされている。石の所持を許されるのは、太陽を取り出す技術を持つ博士たちだけだ。無論、例外はある。だがそれさえも、ほんのちいさな欠片に至るまで長老たちによって管理されていた。彼らの目を盗み、密かに保管され続けてきた石が存在すると、トマス王は言うのか。

「その石は、王家の目録にも正式な名前で載ることはない。だが間違いなく存在し、王冠と共に引き継がれてきた」

　誇らしそうに、王が目を輝かせる。トマスにとって、その石は文字通り何物にも代えがたい価値があるのだろう。

「だが不思議なことに、今に至ってもそれは王である私の手に届いていない。姑息な泥棒が、あの時テッサでくすねたからだ」

「諦めろ、トマス…。灰色の屑石など、最初から存在しなかった。お前はそれ以上に得がたい、ルーリグの王冠を手に入れた…。それで十分ではないか」

　上体を持ち上げたヨーゼフが、苦しい息の下から声を絞る。ぎらりと、鋭利なトマスの視線が先王を刺した。

「黙れ！　お前の嘘は聞き飽きたッ」

怒号が、父親を打ち据える。咄嗟に覆い被さったロアの痩軀ごと、トマスがヨーゼフを蹴り上げた。

「ッあ、く…」

脇腹で、痛みが爆ぜる。鞣《なめ》された革靴が肋骨《ろっこつ》にめり込み、目の前で光が散った。

「ロア！」

獣のような叫びが、鼓膜に突き刺さる。猛然と跳ね起きたアドルファスに、縄を手にした男たちが蹈鞴《たたら》を踏んだ。

「ご主…人」

「五年だ」

三人がかりで押さえつけられたアドルファスを横目で見やり、トマスが呻く。殺しがたい怒りのせいか。王の声は、十年も歳を取ったかのように掠れて響いた。

「五年、お前を生かしてきた。父上が望む善《よ》き王として、精一杯振る舞ってさえやった。それなのにお前は、石を私に譲るどころか、まだそんなものはないと嘘をつく…！　さっさと本当のことを白状したらどうだ」

王冠を毟り取った後も、トマス王が父親を生かし続けてきた理由はそれなのか。

アドルファスの働きによってテッサは奪還されたが、そこに隠されていたはずの石はトマスの手にいまだ辿り着いていない。当然だろう。王冠と共に灰色の屑石までが手に入れば、トマスが先王を生かしておく理由はなくなる。自らの命を守るため、なにより強大すぎる力をトマスに与えないため、ヨーゼフは口を閉ざし続けてきたのだ。

「…だが、もういい。このまま父上が秘密を抱えて墓へ逃げきるのを、私はおめおめ眺めているつもりはない」

深々と息を絞り、トマスが自らの右手に視線を落とす。傷らしい傷のないトマスの手で、大粒のダイヤモンドが鈍く光った。

「心当たりを探し回らせ、父上を死なせないよう化かし合うのにも飽きました。石は、アドルファスの手にあるのでしょう？　このまま父上が死ねば、それは師匠殿のものになる」

テッサで、なにがあったのか。あの夜、ヨーゼフは息子が熱望する二つのものをアドルファスに授けようとした。アドルファスが王冠を受け取らなかったのは確かだが、しかし稀少な石はどうだったのか。トマスはこの五年間、その真実を知りたいと熱望してきたのだろう。

「どうあってもこのまま私の手に入らないというなら、私にできる次善の策は灰色の屑石を師匠殿のものにさせないことだ。ルーリグは十分復興した。もうあなた方に退場いただいてもいい頃合いだろう？」

アドルファスを見下ろした鳶色の目が、にこやかに笑う。

「主君殺しの罪は死刑。領地を全て召し上げ、一族郎党残らず首を刎ねたら、屋敷も坑道も全てをくまなく探してやる。元老院の爺どもが文句を垂れるだろうが、それはそれで好都合だ。あいつらの首を刎ねる口実になる。そうして国中を掘り返す覚悟で捜せば、いずれは石も見つかるだろう。それだけの価値が、あれにはあるからな。…だが、二人のどちらかが真実を話してくれれば、手間を省けると思わないか？」

二人が口を噤《つぐ》むのであれば、より多くの者が死ぬ。

それは、脅しではないのだろう。

傷を負った先王は、果たしてこの後何年生きられるのか。真実を語らないまま父親が死ねば、灰色の屑石はアドルファスの手に落ちる。

それだけは、絶対に許せない。

怒りに燃えて先王を尋問しようにも、弱った父親がそれに堪えられるとは限らなかった。万一口を割ることなく命を落とせば、アドルファスはすぐさま灰色の屑石と共に姿を消すだろう。それを阻止するためには、先王の命があるうちにどちらかの口を割らせる以外ない。

トマス王は、常にその機会を狙ってきたはずだ。

できることなら王冠を戴くと同時に、実行に移したかったに違いない。だが、トマス王は今日まで待った。

終戦直後、王と元老院、そして民衆とを繋ぐだろう便利な英雄を殺してしまえば、王座が不安定になる。そう考えるだけの理性が、トマスにあったのか。あるいはただ、機会に恵まれなかっただけかもしれない。

いずれにせよアドルファスの尽力により国の基盤が固まり、比例して王の地位も安定した。十分とは言えないまでも、これ以上トマスに待つ気はないのだろう。

醜聞《しゅうぶん》と共にアドルファスを吊るし、民の心を自らに集める。同時に元老院の力を削げば、トマスの権力は盤石《ばんじゃく》のものになる。そのために、何人死のうが知ったことか。

快活な王の仮面の下で、トマスはずっとその時を狙ってきたのだ。

「望みを叶えてやれるのは一人だけだ。さあ、どちらが話す？」

「や…、そんなこと…」

卑劣な手段でアドルファスを捕らえ、目の前で罪のない部下の首を刎ねた王だ。真実を話したところで、約束が守られるとは思えない。なにより灰色の屑石は、そんな男の手に渡っていいものではないのだ。

「犬ごときが、王の言葉に意見する気か？」

首を傾げたトマスが、声を上げたロアを無造作に蹴り上げる。身構える間もなく鳩尾《みぞおち》を見舞った痛みに、ぎゃん、と潰れた声が出た。

「やめろッ」

怒号が、大きく響く。こんな時でも、アドルファスの声を聞くと胸郭の内側から漣《さざなみ》のような喜びが込み上げた。

「やめろ…！　俺が、話す」

「ご主…人…」

なにを、言い出すのか。

駄目だと首を横に振ろうにも、痛みが邪魔をする。息ができず喘いだロアを、氷の色の双眸が真っ直ぐに見た。

「意外だな。師匠殿は最後まで頑張ってくれると思ったのに。私が本気だと、分かってくれたからか？」

　ぱっと顔を輝かせたトマスが、積み上げられた男たちの亡骸《なきがら》に視線を投げる。沈黙を貫いていたアドルファスが、ようやく口を開いたことに満足したのだろう。トマス王が機嫌のよい足取りで男へと向き直った。

「で。石はどこに？　師匠殿」

「……まずは約束をしろ。真実を話せば、ヨーゼフ陛下とロアを、傷つけることなくシュヴァイク博士の元へ送り届けると」

　怪訝そうに、トマスが瞬く。

　それはトマスにとって、全く予期しない要求だったのだろう。首を傾げた王が、まじまじとアドルファスを見下ろした。

「父上と、犬を？　…自分ではなく、この死に損ないと犬を助けろと、本気で言っているのか？」

　繰り返しても、俄《にわか》には信じられないのか。自身と他人、ましてや犬の命を同等に扱う愚か者など、いるはずがない。王はそう、信じて疑わないのだろう。

「…二人が博士の元へ送り届けられたと確認できたら、俺がこの手で望みのものを用意する。その上で、俺が自分の罪とやらを式典の場で告白してやってもいい」

　アドルファスは、罪など何一つ犯してはいない。だがヨーゼフとロアの無事を見届けられるなら、ありもしない罪を民の前で認めてもいいと、そう言うのだ。

　信じられないものを見るように、トマスが目を見開く。その肩が、ちいさくふるえた。

笑って、いるのだ。堪えきれないというように、トマスが笑い声を爆ぜさせる。

「自分の口で罪を認めるから、式典まで生かしておけと？　そいつは傑作だ。確かに最高の見世物になるだろう」

たまらない冗談だとでも言うように、王が腹を抱える。屈託のない笑い声は、王宮の庭で聞くもののように明朗だ。

手を叩いたトマスが、指輪が光る右手を握る。機嫌よく声を上げながら、王が固めた拳を振り下ろした。

「ご主人！」

ごつりと、鈍い音が冷たい地下室に響く。

加減なく振り下ろされた拳が、アドルファスの顳顬を撲ったのだ。

「さすが、救国の騎士様だ。どんな時でも太々《ふてぶて》しく肝《きも》が据わって、そして正しい」

吐き捨てられた王の声は、ざらりと掠れている。血で汚れた拳がもう一度、今度はアドルファスの耳の真上を殴りつけた。

「お前のそういうところが、昔から大っ嫌いなんだよッ」

「やめ…！」

骨を打つ音の恐ろしさに、ロアの唇から叫びがもれる。

やめてくれ。

立ち上がり、駆け寄ろうとした痩軀を強い力が押さえつけた。背後から伸びた兵たちの腕が、暴れるロアを摑んで引き据える。

「だが、いいだろう…。師匠殿の最期の願いだ。聞き入れてやる」

ただし、と続けた王が、アドルファスの腹を加減なく蹴り上げた。

「…ッ」

「ただし、父上には死が訪れるその日まで、この城で私の治世を見届けてもらう。灰色の屑石を手にした、私の治世をな。そして…」

にたりと笑ったトマスの唇は、これ以上なく楽しげだ。王の手がアドルファスの髪を摑み、その顔をロアへとねじ向けた。

「お前の犬は、私が飼ってやる」

耳元へと注がれた声に、アドルファスの双眸が見開かれる。

どれほど殴られても、呻き一つ上げなかった男だ。そのアドルファスの眼に、初めて強い光が走るのが分かった。

怒りだ。

雷光のようなその色が気に障ったのか、王の膝が男の肋骨を撲った。

「や…！　放せ…！」

声を上げ、兵たちの腕を振り払おうにも動けない。

いや、今ロアを縫い止めるのは、兵たちの腕ではない。アドルファスの、眼だ。

氷の色をした双眸が、真っ直ぐにロアを捉える。来るな、と、声を出さないまま、唇が動いた。

じっと、していろ。

逸らされることのないアドルファスの眼が、そう命じた。

「安心だろう？　お前も知る通り、私は犬が好きだ。私の犬になれば、あれはきっと長生きできる」

楽しげに笑う王の声など、もう耳に入らない。蹴り上げられ、床へとこぼれたアドルファスの血の色に、ただ心臓が軋《きし》んだ。

「やめて…、やめて下さい…ッ」

どうしてだ。

一言、命じてくれるだけでいい。

来い、と。

王の喉笛を食いちぎれと、そう言ってくれるだけでよかった。

居並ぶ兵たちの全てを、噛み殺せるかは分からない。それでも誰かの剣に刻まれる前に、アドルファスを撲つ男の手を止めることはできるだろう。

「ご主人！」

血を流す真似はするな、と。戦いの場に身を晒すなと、アドルファスは言った。

たった一つだけだ。それはただ一つ、アドルファスがロアに命じたことだった。

自分こそを、守れと。

指切りしてまで、誓わされた。

犬にとって、それ以上に強い禁忌があるか。契約を交わした正式な主人か否かなど、関係がない。

アドルファスは自分の全てを差し出し、委ねると誓ったただ一人の相手だ。

その命令に背けば、どうなるか。

想像するだけで、尻尾が重く丸まった。

絶対に、許されることではない。犬と主との間にある約束の全てが、反故になる。

それは永遠に、主との繋がりを失うことを意味した。

「ご主人……！」

固い指輪に、抉られたのか。アドルファスの右の瞼から、真っ赤な血がしたたる。同じ色の血で汚れたアドルファスの唇が、動いた。

黙っていろ、と命じようとしたのか。あるいはロアの名を、呼ぼうとしたのか。

どちらだって、構わなかった。

許して下さいと、声にすることはもうできない。そんなこと、望みようがないのだ。

「……ロ……」

力を込めていた上体の関節を、ロアがそっとゆるめる。それだけで、アドルファスはなにかを察したのだろう。

やめろ、と男の唇が動くのが今度ははっきりと読めた。だがもう、体は竦まない。

どんなことも、アドルファス自身を損なうよりは余程ましなのだ。

「ッ、お……！」

頭の真上で、大柄な兵士が声を上げる。

しなやかなロアの腕が、兵士の腕を逆手で掴んだのだ。そのまま素早く捻り上げると、驚きの声が悲鳴に変わる。

「ぎゃッ」

咄嗟に、なにが起きたのか分からなかったのだろう。もがいた相手の腕を、更に関節とは逆に捻り上げた。叫びを上げた兵士を、転がる動きで蹴り退ける。

「げぇ…っ」

喉元を打ち抜いた踵《かかと》に、大柄な兵が仰《の》け反った。驚くもう一人の顳顬を、起き上がり様真横に蹴る。立て続けに二つの体が倒れると、どっと怒声と悲鳴が弾けた。

「こいつ…！」

兵たちのうちの何人かは、あの夜劇場でロアの姿を目にしていたかもしれない。それでも所詮は愛玩犬だと、侮りがあったのだろう。確かにロアの体軀は、戦士と呼ぶには貧相だ。だが掴みかかる兵士の顔に思い切り肘を叩き込めば、ぎゃあ、と呆気なく悲鳴が上がった。

「なにをしている！」

騒ぎに気づいたトマスが、大声で叱責する。その手が剣を抜くより早く、ロアは床を蹴った。若い兵士の懐《ふところ》に、迷うことなく肩からぶち当たる。

「がっ」

防御で勝るとはいえ、鎖帷子《かたびら》や兜《かぶと》を被り、重い剣をぶら下げた兵とロアとでは身軽さが違う。顎下に頭突きをくれて柄を掴むと、崩れ落ちる体から剣を引き抜いた。

「このッ！　大人しくしていろ…！」

怒声を上げた大男が、長剣を振り上げる。

高い天井を持つ地下室は、剣の動きを阻むものがない。咄嗟に奪った剣を振り上げて、打撃を防いだ。火花が散り、重い衝撃がびりびりと両腕を痺れさせる。

「ロア！」

視線を振り向けなくても、アドルファスの位置は分かる。

ぶん、と大きく振った尾で体の均衡を保ち、右足を踏み締めた。左から来た剣を受け、振り上げる動きで突き出された槍を打ち落とす。トマス王を狙って床を蹴ると、二人の兵が割って入った。

「…ッ」

大上段から振り下ろされた長剣を受けきれず、柄を握るロアの指が解ける。なんとか摑み、堪えようとしたが駄目だ。弾かれた剣が、固い音を立てて床をすべった。

「随分、躾のなっていない犬だな」

苛立つ声が、床へと吐き捨てられる。

犬が人に、しかも王冠を戴く自分に牙を剝くなど許せないのだろう。主君を背後に庇おうとする兵たちを、トマスが乱暴に押し退けた。

「犬は飼い主に似ると言うから、仕方のないことか」

アドルファスを愚弄《ぐろう》され、うぅ、と歯列の奥から唸りがもれる。だがいかにロアが素早かろうとも、十人を超える兵に囲まれてしまえば分が悪い。じりじりと間合いを詰めた兵の一人が、背後から槍の柄を突き出した。

「っ」

反射的に腕を柄に絡め、引き倒そうと身を捻る。だがわずかに空いた右の脇腹を、棍棒《こんぼう》が撲った。

「ぐァ」

殴られたのは腹なのに、痛みが目の前で火花を散らす。踏み止まろうにも、背中から体当たりされると息ができない。膝から崩れ落ちたロアを、トマスの足が踏みつけた。

「ぎゃ…」

「噛み癖のある犬など好まんが、まあいい。このきれいな顔に免じて許してやろう」

アドルファスの血で汚れた王の手が、唸り続けるロアの髪を掴む。ぐ、と力任せに引かれ、痛みで顎が上がった。

「放…」

「毛並みのやわらかさも、悪くないな。口輪をつけて、ゆっくり躾けなおすとしよう」

その前に、まずは仕置きが必要だな。

目を細めた王が、ロアのシャツを掴んだ。ぎ、と高い音を立てて毟られた絹から、青褪めた肌がこぼれる。

「やめ…っ」

体を丸めて拒もうとするが、伸びてきた兵の腕が手足を掴んだ。

「すげえな…」

どよめきが、兵士たちの間に落ちる。

「こいつが、シュヴァイク博士の…」

高名な博士が生み出した、犬の体か。

床に転がされたロアの肌は、わずかに汗ばんでしっとりと潤っている。血と暴力の匂いに満ちた地下室のなかで、それは一層甘く、やわらかに目に映った。それこそこの体に、四つ足の犬のようにむしゃぶりついたらどんな味がするのか。

ごく、と喉を鳴らした兵士たちの視線が、無遠慮に肌を舐める。飢えた目をした兵たちにもよく分かるよう、王の手がぞろりとロアの胸を撫で上げた。

「あっ…」

「敏感だな」

じっくりと掌を押し当てたトマスが、薄い胸の肉を寄せるように揉む。まるで膨らみはないが、それでもふっくらとした乳首が指に引っかかったのか。もがいたロアを笑い、悪戯な指が左の乳首を転がした。

「雄の犬のくせに、乳首が気持ちいいのか？」

笑った王の指が、乳頭をくにくにと上下に揺らす。足をばたつかせて暴れると、叱るように親指と人差し指とでつままれた。

「い…」

「跪《ひざまず》け」

形が変わるほどぎゅうっと乳首を引いた王が、鼻先で命じる。

「跪いて、私の犬になると言え」

そうすれば、お前はこの国で最も尊い男の飼い犬になれる。

いつだってこのいやらしい体を寝台で可愛がってもらえる、幸福な犬に。

そう囁いた王が、べろ、とロアの頬を舐めた。

「ぁ…、…だ…」

「どうした？」

喘いだロアの唇からこぼれた声を、聞き取ることができなかったのだろう。顔を寄せた王の腕に、ロアはふるえる爪を立てた。

「…い、や、です」

声は無残に掠れていたが、それでもはっきりと王の耳に届いたはずだ。

犬は飼われるだけの生き物であり、なにかを選べる立場にはない。主人は、その最たるものだ。トマス王は、そう固く信じているのだろう。

実際、その通りなのかもしれない。だけど、自分は嫌だ。

首輪を巻かれようと首を斬り落とされようと、従えない。

この身の主は、ただ一人だ。

そう、約束した。

「ぁ…、僕は…、あなたの犬には、なら、な…」

繰り返したロアに、鳶色の目がぎらりと光る。眦《まなじり》を吊り上げた王が、腰に収めていた剣を摑んだ。

「生意気を言うな…！　犬ごときがッ」

怒声と共に振り上げられた刃が、ぞっとするほど冷たく光る。

恐ろしい、色だ。それは確かに視界に映っていたが、しかしロアの目はすでにそんなものを見てはいなかった。

「っ…」

なに、を。

王は、そう口にしようとしたのかもしれない。

自分を通り越したロアの視線に気づき、トマスがぎくりと動きを止める。だが、振り返ることはできなかった。凍りついた王の肩越しに、ロアがそれを見る。

「ご主、人…」

花が綻ぶように、唇が解けた。

たった一人の、この命の主。

血に汚れた男が、立っていた。

アドルファス自身が流した血も、あるだろう。だがそれだけでないことが、ロアには分かった。

「な…、まさ、か…」

目を見開いたトマスが、音がせんばかりの動きで振り返る。他の兵士たちも、同じだ。

ロアの肌に目を奪われていた兵たちが、声も上げられず息を呑んだ。

「アドル、ファス…」

男は縄を打たれ、鎖で繋がれていたはずだ。

だが今、アドルファスはそこに立っている。首の縄はだらりと垂れ、足元で断たれた鎖はもう意味をなしていない。そして男の右手には、一振りの剣があった。

汚れたそれを、アドルファスが慣れた動きで振る。びちゃり、と重い音を立て、しずくが床を汚した。

血だ。

どくどくと噴き出した血がアドルファスの足元をぬらし、溝へと流れる。それをこぼすのは、無論アドルファスではない。たった今まで男を押さえつけていたはずの兵士たちが、肉の塊となって血をあふれさせていた。

「何故、だ…」

厳重に拘束され、剣など手にできなかったはずだ。

掠れた声をもらしたトマス王が、はっとロアを見る。

アドルファスが握る剣は、先程若い兵士の腰から奪われたものだ。それをロアは、取り落としたのではない。アドルファスに、投げたのだ。

「このクソ犬が…ッ!」

悟った王が、怒りのまま剣を握り直す。だがそれより早く、アドルファスが一歩、踏み出した。

「ひ…」

声をもらすことができた兵は、まだましだ。

ひたり、と響いた男の足音に、地下室が暗くちいさく押し潰されるような錯覚があった。

「トマス。お前はあの夜、テッサでなにが起きたか、本気で知りたいと願うのか？」

低いアドルファスの声が、石の床に落ちる。

冷ややかなその声は、夜の底から湧き上がるかのようだ。なんの感情も含まない響きに、部屋のどこかで悲鳴がこぼれた。

「どれもこれも、どうでもいいことばかりだ。なにが起きたか。誰が、なにを見つけたか。ヨーゼフ王が、なにを望んだのか…」

言葉の通り、そのどれもアドルファスにとって価値などないのだろう。淀みなく告げた男が、ただ一つ、と低く続けた。

「ただ一つ、俺が、なにをしたか以外はな」

首筋の産毛どころか、全身の毛がぞわりと逆立つ。ふるえ上がった兵の一人が、裏返った叫びを上げてアドルファスへと飛びかかった。

伝説の騎士と謳われようと、そんなものは過去の話だ。今のアドルファスは何度も殴られ、たった一振りの剣を手に血を流している。数に任せて飛びかかれば、勝るのではないか。そう考えたのか、あるいはただ恐怖に堪えかねただけかもしれない。

「ッぎゃ」

長剣を振りかざした兵を、アドルファスの剣が斜めに払った。

果物を切るほどに、呆気ない。ぬれた布を叩きつけるような音が、べちゃりと響く。撒き散らされた血と叫びとを間近に浴びても、男は瞬き一つしなかった。造作なく剣を閃《ひらめ》かせたアドルファスが、もう一度血でぬれたそれを払う。

「嫌だと言っても、お前は知ることになる」

トマス王へと向けられたその声は、純粋な悲嘆を含んでいたかもしれない。

トマスは王であると同時に、アドルファスにとってはかつて剣術を手ほどきした相手だ。拭いがたい響きの苦さは、長くアドルファスの身の内に貼りついてきたものなのだろう。ゆっくりと吐き出された男の息に、獣じみた唸りが混ざった。

「トマス。二度と剣は持たないと誓った俺に、こいつを持たせたのはお前だ」

冷ややかな双眸が、手のなかの刃に落ちる。

声の響きとは裏腹に、唇の端が歪んだ笑みを掃《は》いたかに見えたのは錯覚か。ご主人、と、声を絞ろうとしたロアの腕を、強い力が摑んだ。

「ヨーゼフ、様…」

傷ついた体を引き起こした先の王が、ロアの腕を引く。

来い、と促され、首を横に振った。駄目だ。アドルファスの元に、行かなければ。床を這《は》おうとしたロアを、アドルファスの視線こそが制した。

「ヨーゼフ王を頼む、ロア」

短く告げた声は、人間のそれだ。だが真っ直ぐにロアを見た眼は、もう違う。

凍てついた冬の空のなかで、色のない太陽が燃えていた。ぎら、と光った双眸に、奥歯が鳴る。

「父、上…」

掠れたトマスの声を、聞いた気がした。

ヨーゼフの耳にも、それは届いていただろう。だが先王は、もう振り返ることをしなかった。その眉間に刻まれているのは、深い苦痛だ。これから起こることを、ヨーゼフはきっとよく分かっている。だからこそ、アドルファスが最後の最後まで抗おうとしたことをもだ。

よろめきながらもヨーゼフの手を握り、扉へと踏み出したロアを追う兵はいない。

動ける者など、誰もいないのだ。

軋みを上げた鉄の扉が、背後で閉まる。押し潰された世界の底で、絶叫が轟いた。

被毛に包まれたぬくもりが、前髪を揺らす。

ぺちょ、とぬれた鼻面を押し当てられ、肩が撥ねた。

「っひゃ…」

自分の声に驚いて、目が覚める。

眠って、いたのか。そのことにも夜の暗さにも驚いて、ロアは肩をふるわせた。

「セブ、先輩…」

青褪めたロアの鼻先に、大きな四つ足の犬の顔がある。くうぅん、と心配そうな鼻声をもらし、セブがロアの袖を引っ張った。

携えていた蠟燭《ろうそく》は、すっかり燃えつきてしまっている。微かな月明かりと沈黙が落ちる、アドルファスの屋敷だ。その正面入り口を臨《のぞ》む廊下に蹲り、いつの間にか眠っていたらしい。

「…ぁ、僕…」

帰って、こられたのだ。

改めて実感すると、疲労と暗がりの深さとに背筋がふるえた。

まだどこか、夢の続きを見ている心地がする。だが全ては、現実だ。呻き、ロアは自分の右脇腹へと掌を当てた。

「っ痛…」

鈍い痛みが、骨を軋ませる。

王の兵に、撲たれた場所だ。蘇る記憶に、ぞっと首筋の毛が逆立つ。

まだ同じ夜のなかに、ロアはいるのだ。窓の外に浮かぶ月の高さと、館を包む静寂がそれを教えている。

ロアをここに連れ帰ってくれたのは、ヒューゴだ。部下を守るため王城へと連行された際、アドルファスは密かにヒューゴへと言づけを残していたらしい。二人はこうした事態が起こるだろうことを予期し、備えていたのだろう。アドルファスが消えたことを知り、ヒューゴは迅速に行動に出た。信頼のおける有力な貴族たちに、アドルファスの解放を働きかけたのだ。

元老院自体、決して一枚岩とは言いがたい。それでもかつて激戦を共にした者のなかには、王の兵と衝突してでもアドルファスを奪還する覚悟を持つ者があった。ロアがヨーゼフと共に地上へと帰還したのは、まさにそうした者たちが申し入れに訪れていた時だ。騒然とした空気が漂う城内に現れたヨーゼフは、すぐさまトマス王に代わりアドルファスの釈放を約束した。その後のことは、よく分からない。地下室に残るアドルファスの元へと戻りたかったが、ヒューゴによって馬車に詰め込まれた。そしてこの屋敷へと、連れ帰られたのだ。

「大丈夫です。骨は、折れてないです。それにセブ先輩がいると、暗いのも怖くないです」

強がって見せたロアに、きゅうきゅうと鳴いたセブが鼻面を寄せる。

帰宅後、ロアの傷を手当てしてくれたのもヒューゴだ。今夜は泊まると言ってくれたが、館の外にいる警護の兵たちを理由に断った。きっと今頃ヒューゴは再び城に戻り、事態の収拾に当たっているのだろう。ヒューゴに命じられるまま一度は大人しく寝台に入ったが、結局眠ることはできなかった。寝間着のまま一階に下り、そこで眠ってしまっていたらしい。

「セブ先輩は、本当にやさしいですね。だから、ご主人も…」

あたたかなセブの首筋に額を埋めようとして、はっとする。気配を感じたのは、セブも同じだったのだろう。素早く身構えたセブが、両足を踏み締め身を低くした。

「ご主人…」

音もなく開いた扉の向こうに、大柄な影が落ちている。明かりを点《とも》さなくても、月明かりと微かな匂いだけで十分に分かった。

だってこんな男、他にいない。

凍える夜の冷気よりも寒々《さむざむ》と、男は暗く濃い影を引き連れている。彫刻のように整った容貌のなかで、今夜は双眸だけが爛々《らんらん》と燃えていた。

「あ…」

ひゃん、とセブが困惑の声を上げるのも無理はない。

総毛立つような気配に、血の気が引いた。

アドルファスが纏うのは、人間のそれとは言いがたい。鋭い牙と爪を持つ獣の前に、裸で投げ出されたも同然だ。人間の喉笛を噛み砕く顎を持つセブでさえ、恐れずにはいられないのだろう。そこに立つのが自分の飼い主だと分かっていても、腰を抜かしそうに固く尾を丸めていた。

一歩、男が床を踏む。

気圧されるようなその重さに、ひゃひん、と声を上げたセブが廊下の奥へと走り去った。

「ご主、人…」

まさかこんな場所にロアが蹲っているとは、思っていなかったのだろう。わずかに眼を見開いたアドルファスが、高い位置からロアを見た。出ていけと、怒鳴ろうとしたのか。あるいはそれ以上に汚い罵声を吐こうとしたのかもしれない。だがアドルファスの唇が動くのを待たず、ロアは全力で床を蹴っていた。

「ごめんなさい…!」

ぶつかる勢いで、しがみつく。本当はもっと、行儀よくしようと思っていたはずだ。だが男を見た途端、体が動いていた。

「ごめんなさい、僕…」

泣いては駄目だ。分かっているのに、堰《せき》を切ったように涙があふれそうになる。

見上げたアドルファスの瞼には、いまだ生々しい傷が浮いていた。頬骨や、口元も同じだ。あの地下室で、男がどんな目に遭ったのか。思い出すと、眼底が熱く痛んだ。

「何故、ここにいる」

抑制の利いた声は、ひどく冷たい。怒って、いるのだろう。当然だ。同時にそうしないと、自らを律せないのかもしれない。頭上に落ちた声音は、常以上に感情的な抑揚に欠けていた。

「ヒューゴさんにお願いして、ここに…」

俺の屋敷に連れ帰るよう頼まれているが、お前はどうしたい。馬車のなかで、ヒューゴはそう聞いてくれた。ヒューゴの屋敷に、行きたくなかったわけではない。だが選べるのなら、迷うことはなかった。

「…あの野郎」

「僕が…！　僕が、頼んだんです！　どうしても、ここに…」

アドルファスの館に戻りたい。そう告げると、ヒューゴはただ黙ってここに送り届けてくれた。

「あ…、謝りたくて、僕。ご主人の言うこと、ちゃんと聞かなくて…」

主人の命令に従えない犬など、ただの獣だ。言葉にすると、一層情けなさが募る。しゃくり上げそうになる息が言葉を阻んで、ロアは薄い背を喘がせた。

「分かったから、そこにいろ。今、人を呼ぶ。今夜はヒューゴの…」

「嫌です！」

ごつごつとした手が、ロアの肩を押そうとする。引き剝がれまいと、ロアは目の前の胸板にしがみついた。

主人に従えなかったことを謝りながら、自分はまたしてもアドルファスの命令を拒んでいる。本当に、駄目な犬だ。でも今引き剝がされたら、もう二度と男には会えないかもしれない。泣いても喚《わめ》いても、アドルファスの前に立てるのは今夜が最後かもしれないのだ。

「ごめんなさい…」

絞り出した声に、尚更鼻腔の奥が痛くなる。

「僕が…、王と、式典に出るって言ったから…。ご主人は、止めたのに…」

やめろと、アドルファスは何度も言った。だが愚かな自分は、主人のためになるのではと、制止を聞かず出席を決めたのだ。

今なら、アドルファスがどれほどトマス王を警戒していたか分かる。朗らかでもの分かりのよい王と、それを助ける旧知の忠臣。表向きは良好に見えた二人の関係が、いかに不安定な均衡の上に成り立っていたのか。もっと注意していれば、悟れたかもしれない。だがなにも気づけないまま、自分は軽率にもアドルファスの足を引っ張る決断をしてしまった。

無論ロアがトマスの手元にいたことが、罠だと知りながらもアドルファスが登城した唯一の理由だとは思わない。トマス王にしても、犬風情がアドルファスに対し、重大な交渉材料になるとは考えていなかっただろう。トマス王がロアを借り出したのは意地の悪い牽制にすぎず、自身にとってそうであるように、アドルファスにとっても犬の命など取るに足らないものだと考えていたはずだ。

だがアドルファスにしてみれば、ロアはシュヴァイク博士からの預かり物だ。ロア自身の意志でトマス王の元に行ったとしても、政争に巻き込まれた以上放っておくことはできない。

「ごめん、なさ…、僕が、ご主人を、あんな目に…。き、嫌われても、仕方な…」

たくさん、怪我をさせてしまった。そしてその後に起きただろう、もっと恐ろしいことも。

許してもらえる理由など、一つもない。

こらえきれなかった涙が、ぼろりとこぼれる。大きくしゃくり上げたロアの肩に、固い指が食い込んだ。

今度こそ、引き剝がされるのか。もがこうとした体を、屈強な腕が左右から掴んだ。

「誰がお前を嫌うかッ」

怒号が、鼻先で弾ける。

その大きさにも声の強さにも、びく、と耳が撥ねた。それはアドルファスも同じだったのだろう。自分の声の険しさに、氷の色をした双眸が見開かれる。

そもそもロアを掴み引き寄せたことさえ、男は自覚していなかったのかもしれない。ぎょっとして己の手を見下ろした男が、指先を迷わせた。

「…嫌うのは、お前の方だ」

お前が、俺を。

低くもらされた呻きに、ロアが目を見開く。そんなこと、あるわけがない。絶対に。

「な…！　僕は、ご主人を…」

「俺は一度、お前を死なせた」

絞られた告白に、悲嘆は滲まない。事実だけを告げたアドルファスの声に、ロアは琥珀色の目を瞬かせた。

「…え…？」

それは、なんの比喩《ひゆ》なのか。見上げることしかできなかったロアに、アドルファスが歯列の奥から深い息を絞った。

「…テッサでなにがあったのか、本当にそいつを聞く権利があるのは、トマスではない。ロア、お前だ」

テッサ。城の地下室で、それは何度も耳にした街の名だ。

どうして。戸惑うロアを覗き込み、凍えた空の色をした双眸が一度だけ瞬いた。

「…先の戦の際、俺はバラティラ川での攻防中、ヨーゼフ王にテッサへの転戦を命じられた。理由は、テッサに隠されていた屑石だ」

トマスが推測していた通り、テッサには貴重な石が隠されていたということか。

その貴重な石を街ごと秘密裏に奪還するために、ヨーゼフはアドルファスを必要としたのだ。

「可能な限り迅速にバラティラ川で敵を退け、俺たちはテッサに向かった。開戦以来俺を助けてきた連中のなかから、何人かを選んでな。途中で馬を換え、走り続けた」

行動を共にした者たちの面影が、蘇るのか。アドルファスの唇に、薄い笑みの影が浮かぶ。だがそこに滲むのが、単純な懐かしさや喜びだけでないことはロアにさえ分かった。

「皆、不平も言わずよく駆けた。その道中クレムからコールタニカに至る街外れで、俺は思いがけない拾いものをした。敵の工作部隊と思しき連中がとある場所から盗み出した、貴重なものだ」

ちいさく、ロアが目を瞠る。

火の気が失せた玄関ホールには、微かな月明かり以外視界を助けるものはない。それでもアドルファスの眼には、ロアの変化が見て取れるのだろう。微かにふるえた長い睫を、男の視線が追った。

「貴重な、もの…？」

「そうだ。持ち主はすぐに分かったが、返しに行く余裕はない。近隣に駐屯《ちゅうとん》する部隊に預けるか否かで意見が割れた。先を急ぐ道中だ。俺は迷わず、それと共に移動することを決めた」

一刻も早く、テッサに辿り着かなければいけない身だ。いかに貴重なものとはいえ、余計な荷物は持ってはいけない。ここに、捨てていくべきではないか。そんな声もあったはずだ。だが迷うことなく、アドルファスはそれを携え馬を駆った。

「辿り着いたテッサの状況は、知らされていた以上に切迫していた。俺たちの役割は敵陣の後ろに回り、隠された坑道から街に入ること。そして街の門を開き、正面に陣取る王の兵が街に入るのを助けることだ。俺はテッサまで運んだその貴重なものを、坑道に入る前にヨーゼフ王の陣へ預けることを決めた」

ここでも、アドルファスは決断を迫られた。そして街の内側で再会すべく、貴重な荷物をヨーゼフの陣に託したのだ。

「より後方の者に預ける道も、あるにはあった。だが俺はトマスたちではなく、可能な限り俺の側に置くのが得策だと考えていた」

「だって、それは…」

それは、アドルファスの近くこそが安全だからだ。そんなこと、誰にだって分かる。血で泥濘む前線だろうとも、アドルファスの側以上に信頼の置ける場所などないのだ。

「全ては、俺の思い上がりだ」

ゆっくりと、アドルファスが首を横に振る。そこには、謙遜も卑下もない。冷たく揺るぎない、確信があるだけだ。

「守れると、思っていた。どんなに困難だろうが、部下たちもその貴重なものも、守りおおせると」

その通りではないか。

アドルファスならば、守れる。アドルファスにさえ守れないとすれば、それは他の何人《なんぴと》にも不可能だということだ。そう訴えようとしたロアの唇を、男の指がそっと辿った。

「誤りだった」

逸らされることのない双眸が、苦痛の形に歪む。

「救国の騎士の再来だ、異能の騎士だと持ち上げられ、俺はいい気になっていた。なにも自分を、救国の騎士だと思っていたわけじゃない。むしろ犬を持たずとも己を制御できていることに、自惚《うぬぼ》れていた。伝説なんぞ、くそ喰らえとな」

笑おうと、したのか。短く吐き出された男の息が、ざらついて揺れた。

「片鱗《へんりん》はあったのに、愚かなことだ。王位に関しても同じだ。幼い頃から、トマスが俺を疎《うと》んじていることは分かっていた。あいつは昔からあの通り…、賢く、野心があったが、自分以外の者の苦痛をまるで理解しなかった。…教えてやれなかった俺にも、責任はある。自分自身よりも民を愛し、敵こそを側に置く度量があれば、善い王になっただろうに」

眉間に刻まれた皺に滲むのは、皮肉ではない。言葉通りの、悔恨《かいこん》だ。

トマスから王冠を奪いたいなど、アドルファスは一度たりとも考えたことはなかったのだろう。それが誰であれ、心正しい王の統治が長く続くように。アドルファスが望んだのは、それだけだ。

善き王を戴く以上に、民にとっての幸いはない。王冠を欲しがったトマスがそれにふさわしい男であろうと努めていれば、父親が後継者に苦慮することはなかった。そして今夜、アドルファスが剣を取ることもまた、なかったのだ。

「いつかはトマス自身が気づくのではと、期待してきた。ヨーゼフ王はまだ若く、王座が巡ってくるまでにはトマスも己の野心と王としての責務に折り合いをつけられるのでは、とな。俺は騎士として君主と民を守るのみだと、そう考えていた」

愚かなことだ。

斬って捨てたアドルファスが、ぎ、と奥歯を噛み締める。

「結局、守れなかった」

軋るようにもらされた声にあるのは、怒りだ。

他の、誰でもない。アドルファス自身へと向けられたそれが、氷の色をした双眸を昏く焦がした。

「坑道を抜けるまでに、多くが死んだ。バラティラ川から共に転戦した者も、そうでない者も。敵兵にも、後はない。元より、奴らの狙いは屑石だったはずだ。そこにあるはずのないものを奪いに来た連中が、普通の兵であるわけもない。死に物狂いの者たちがぶつかり合って、気がつけば俺は正気を失っていた」

文字通り、アドルファスは正気を欠いたのだろう。

禍《わざわい》を以て、禍を征する。人ならざる力を宿し、命ある者全てを狩り殺す者。異能の騎士の力は、伝説の時代から大きな代償を必要とした。

アドルファスほど冷静で、自己を律する精神力を持つ者であっても例外ではない。あの日テッサで、アドルファスは禍の化身となったのだ。

「正気に戻ったのは、日が昇った後だ。二日経ったのか、三日経ったのか…ほんの瞬きほどの時間だと言われればそうも思えた。ただ次に気がついた時、テッサにあったのは死体だけだった」

「…それ、は…」

それが意味するところは、なにか。

夥《おびただ》しい数の兵が死に、石畳が赤く染まるほどの血が流れた。生きて朝を迎えられた者は、数えるほどしかいない。その一人であるアドルファスこそが、死体の山を築いたということか。それも、敵味方の区別なく。

ぶる、と尾をふるわせたロアの胸の内を、どう理解したのか。腕を摑む男の手が、わずかにゆるんだ。

「正直なところ、俺が一人で殺しつくしたのか、そうでないのかは今でも分からん。ヨーゼフ王は違うと言ったが、本当のところはどうだろうな。俺が誰彼構わず叩き斬りはしなかった、という保証はない」

「でも、ヨーゼフ王が違うと言うなら…」

ヨーゼフの言葉を、信じるべきだ。

あの時、テッサでなにが起きたのか。アドルファスもまた、それを知りたいと願った一人だったのだろう。辛くも生きのびたヨーゼフの言葉を信じがたく思うだけの理由が、男にはあるのか。たとえそうだとしても、自分はヨーゼフを信じる。そう訴えようとしたロアの唇に、男がそっと人差し指で触れた。

ロアの言葉を塞ぎ止めた男が、どちらであれ、と低くこぼす。

「どちらであれ、助けられなかったのは事実だ」

幸運にして自分の手で殺していなかったとしても、だからといって減じられる罪などない。

生かして、帰すことができなかった。

それこそが罪だと、アドルファスは言うのだ。

「違…！」

そんなわけはない。

アドルファスは、死力をつくした。そのどこに、非がある。

叫びたいのに、声にならない。だがロアの慰めなど、必要としていないのだろう。唇を封じた人差し指が、薄いそれをそっと右に動いた。

「違いはしない。俺は兵を死なせ、部下を死なせ、街に残った者の多くもまた死なせた。その上危うく、君主までを死なせかけたわけだ」

正気を取り戻した朝焼けのなかで、アドルファスが眼にしたのはどんな光景だったのか。いまだ男の双眸には、その色がまざまざと焼きついているに違いない。坑道の泥に混じり、噎せ返るほどに街を埋めた血の匂いも同じだ。

「そんな俺にヨーゼフ王は太陽の小石を回収させ、罰を受けなければ気がすまんと言うなら、黙って玉座に就けと言い放った」

「な…」

ぐ、と耳を撥ねさせたロアとは対照的に、アドルファスがちいさく肩を揺らす。

無茶な話だ。だがヨーゼフらしいといえば、その通りなのか。確かに先王ならば、返り血で赤く染まったアドルファスを前にしても、怯まず自らの要求を口にしただろう。

「屑石の回収はともかく、死体の山に君主を加えた上、その息子から王冠を毟り取ってやろうと思えるほど、俺はそいつに愛着を持てなかった」

もし。

もしアドルファスに一滴の野心でもあれば、男はその朝に全てを手に入れていたはずだ。

ルーリグの玉座も、計り知れない力を秘めた石も、アドルファスは全てを己のものにすることができた。だが男は、それらを欲しがらなかった。

怖じ気づいたわけではない。言葉の通り、死なせた君主の亡骸を蹴落としてまで、玉座に座りたいとは思わなかったのだろう。ヨーゼフが望んだ結果だと言い張ったところで、王子を排して玉座を奪えば大なり小なり混乱が生じる。それを避ける狙いも、あったはずだ。

「だからご主人は、騎士であることも剣も棄《す》てて、元老院に…？」

この五年、アドルファスは元老院の一員として国を支えてきた。玉座に座らずとも、男には民と国につくす覚悟があったのだ。王冠をトマスに委ねてしまったことに対する、ヨーゼフへの償いの意味もあったのだろう。だがいかに望まれようとも、アドルファスはテッサでの戦いの後は二度と剣を握ることはしなかった。

あの日堆く積み上げられた、死体のせいか。

結果的に、ヨーゼフは辛くも命を拾った。だが生きて戻れなかった者たちは、あまりにも多い。

だから、なのか。だから二度と己を失わないよう、剣を手放そうとしたのか。尋ねようとしたロアの頬を、大きな掌が両手で包んだ。

「…ぁ…」

「お前を、死なせたからだ」

繰り返した男の眼は、果たしてなにを捉えていたのか。その脆さに怯えでもするかのように、アドルファスがそっとロアの頬骨を指で辿った。

「クレムで拾った時、お前はまだ本当にちいさな仔犬だった」

「…っ…」

影が迫り、張り詰めたロアの瞼へと男が額が落ちる。皮膚の薄い部分全てを使い、ロアの形を読み取ろうというのか。四つ足の犬がそうするように、そっと鼻梁を擦りつけられた。

「なかなか体が大きくならない末っ子を案じ、シュヴァイクはお前を一人、高名な薬師に預けた。年老いたその薬師の館から連れ去られたお前は、泣くのを堪えてただふるえていた」

五年前のことだ。

月のない夜の出来事を、思い出しているのか。瞬いたアドルファスの眼の色に、つきんと冷たい痛みが鼻腔を刺した。遮二無二《しゃにむに》声を上げて、目の前の巨軀に飛びついてしまいたい。衝動は胸を叩くのに、覗き込んでくる男の影の暗さに手足が痺れた。

「可愛かった。あんなにも可愛くて貴重なものを、俺は初めて拾った」

望めば、宝石で飾られた王冠さえ我が物とできた男だ。この国で最もうつくしく、貴重なものの全てを自由にできただろう。だがその特権を欲しがらなかったアドルファスが、眩しそうに眼を細めた。

血も凍ると噂される冷ややかさなど、欠片もない。ロアを毛皮で包み、膝の上へと載せてくれた男の眼だ。

「お前はなにも覚えていないだろうが、それでいい」

恐ろしいことは全て、忘れてしまえ。

声には切り離しがたい苦痛が滲むのに、言葉の真摯《しんし》さが損なわれることはない。心の底から、アドルファスは願うのだ。それがロアの安寧《あんねい》に繋がるなら、自身が忘れられることを畏れる理由などないのだと。

「…守れると思った。お前も、部下たちも。だが結局、助けられなかった」

迷いのない声は、冷たい確信に満ちている。わなないたロアの息が声になる前に、頬を包む男の手が離れた。

「ご…」

「明日には、シュヴァイクの迎えが来る。お前は誰の犬になる必要はない。生涯シュヴァイクの元で暮らすに十分なだけの支援は…」

「嫌です！　僕は、帰りません…！」

誰のものにもならず、今後一生シュヴァイクの元で暮らすに足る支援をする。

そう、約束しようとしたのだろう。犬にとって、それは破格の厚遇《こうぐう》だ。だけどそんなもの、ほしくない。大声で吠え、ロアは扉へと促そうとした男の腕を振り払った。

「助けました…！　ご主人は、あの時僕を、助けてくれました…！」

叫び声にも似た風の音と、泥のように重い夜の闇の深さ。

暗い夜は、今だって怖い。

兎《うさぎ》みたいに捕まえられ、袋に詰めて攫われたのだ。怖くて怖くて、僕は殺されちゃうんだと、大好きなお父さんたちにはもう二度と会えないんだと、そう思った。そして実際あんなにも鋭くて重いものが、肌も肉も裂いたのだ。痛くて、声さえ出せなかった。どっと血が流れ、取り返しがつかないことが起きてしまったのだと、ちいさなロアにさえ分かった。

だけど、助けられた。

アドルファスが、助けてくれたのだ。

振り絞るように叫んだロアを、凍えた空の色をした双眸が見る。泥と血に泥濘んだ街を振り返っていただろう男の眼が、現実へと引き戻されたかのように瞬いた。

その奥に、訝る光が過る。ぎら、と双眸の輝きを強くした男が、もう一度ロアを覗き込んだ。

「お前、なにを…」

低くなった声音へと、両腕を伸ばす。力任せに黒い外套を摑むと、微かに夜の匂いがした。

「僕、知ってます…！　ご主人が、僕をお父さんの所に運んでくれたから、助かったんです。ご主人も、ひどい怪我をしてたのに、僕を…」

「シュヴァイクに、そう教えられたのか…？」

アドルファスの推測は、半分正しい。

クレムでロアがどんな目に遭い、そしてテッサでどれほど深い傷を負ったのか。それを誰が、シュヴァイクの元へと運んだのか。その顛末《てんまつ》を養父から聞かされていたのかと、そう尋ねたアドルファスに、ロアは耳が音を立てるほど強く首を横に振った。

「そうだけど、違います…！　僕、ちゃんと、覚えてます…！」

忘れるなんて、できない。

ロアにとって、それは他のなによりも大切な記憶だ。

養父のあたたかな手や、兄弟たちとくっついて眠った記憶にも勝る。なにがあっても握り締めていたいと、そう願った唯一のものだ。

「…なにを、言っている。そんなはずがあるか。お前は、繭に…」

繭、という言葉すら畏れるのか。

アドルファスを知る誰もが、男がこんな声を出すなどと信じないだろう。常に冷静さを欠くことのない男の声が、動揺に揺れた。

だが、それも当然だ。アドルファスが言う通り、ロアは繭に入った。

怪我をしたロアを蘇生させるため、アドルファスが馬を駆ってシュヴァイクの元へと運んでくれたのだ。

目を閉じて、思い出すまでもない。憶えている。全部、憶えている。

五年前の夜、ロアは預けられていた館から攫われた。部屋へと飛び込んできた男たちに寝台の下から引き摺り出され、袋に詰められたのだ。十歳を超えても幼獣のように小柄だったロアに、なす術などない。

シュヴァイク博士の犬であることを知った上で、盗んだのか。あるいは老いた薬師の館を強襲した際の駄賃だったのか。荷物のように馬に積まれ、怖くて、心細くて、ふるえることしかできなかった。

やさしい父や兄弟に守られていた世界から、突如として暗闇と暴力の最中へ放り込まれたのだ。どうにか泣くまいと頑張り続けていたロアを、抱き上げてくれた腕があった。それが、目の前の男だ。

「繭に入ったくらいじゃ、忘れません」

「莫迦を言うな」

アドルファスが、吠える通りだ。

自分が誰であったのか。なにが好きで、なにが嫌いだったのか。そして誰からどれくらい、愛されていたのか。繭に入った者は、生きて戻れたとして忘れてしまう。なにもかも、だ。

生まれ直すのだから、仕方がない。

養父は、低い声でそう言った。たった一つしかない魂を肉体から取り出して、もう一度注ぐのだと。それが神の所業だとしたら、神とはきっと悪魔よりも意地が悪い。

手段があるから縋らざるを得ないが、その希望はただの甘い毒だ。飲み干しても、望んだものは決して手に入らない。むしろそれが永遠に失われてしまったことを、見せつけられるにすぎないのだ。

それでも、藁に希望を託す者は後を絶たない。アドルファスも、そうせざるを得なかった者の一人だ。

五年前の夜、アドルファスは傷ついたロアを抱えシュヴァイクの館の扉を叩いた。自身も命に関わる深手を負いながら、アドルファスはロアの治療こそを懇願した。

「莫迦じゃないです。ご主人もご存知の通り、僕は、シュヴァイク博士の特別な犬です」

胸を張りたいのに、どうしたって鼻腔の奥が痛む。

それでも言葉にすると、誇らしさにちいさく尾が揺れた。本当は、驚くよりも喜んでほしいのだ。だが男は息を詰め、ただロアを凝視している。

「シュヴァイクは…、お前が…」

全てが、消えると。記憶どころか、その全てが消えると言った。

低い呻きは、アドルファス自身へ向けられたものだったかもしれない。突きつけられた現実をいまだ疑うように、男の眉間が深い皺を刻んだ。

「…忘れてた方が、よかったですか？」

それが、アドルファスの望みだったのだろうか。

　不安そうに尾を垂れたロアに、男が瞬く。

「僕が、全部忘れてた方が…」

「そんなわけがあるかッ！」

　怒声が、肌をふるわせる。思わずぴんと立ち上がった耳に、アドルファスが自らの口元を押さえた。

　あのテッサで太陽の小石の存在を聞かされた時でさえ、男はこれほど驚きはしなかったはずだ。どんな緊張下にあっても、アドルファスは常に冷静に現状に対応してきた。そうやって戦場を生き抜いてきた男が、今は自制を欠いた己自身を自覚し歯噛みする。

「ご主人、怪我した僕の名前、何度も呼んでくれました」

「…っ…」

　どうして、そんな眼をするのか。

　あの夜だって、そうだった。

　あんな声で、名前を呼ばせたかったわけじゃない。あんな、辛そうな声で。

　ぎゅっと目の前の胸板に鼻面を押しつけると、消し去りがたい鉄の匂いがした。

「ご主人は、僕を傷つけなかったし、助けてくれました。今日だって」

　逞しい体軀が、ちいさく息を詰める。初めて互いの近さに気づきでもしたように、アドルファスが半歩後退《あとじさ》ろうとした。それを許さず、尚も強くしがみつく。

「僕は、憶えていたかったです」

　絶対にそうすると、決めていた。たとえ繭のなかで息絶えたとしても手放すまいと、そう誓ったのだ。

「ロ…」

「だって、約束しました」

はた、と大きく尾が揺れる。

誇らしさを隠しきれず、ロアは右手を持ち上げた。正確には、その小指をだ。

約束が宿った指を翳《かざ》すと、アドルファスの双眸が声もなく見開かれた。

「ご主人こそ、覚えてますか？」

忘れたと言われても、諦めるつもりなんかない。

その約束を果たすためにロアは生まれ、そしてここまで来たのだ。

「忘れてたら、もう一度約束させて下さい。…僕が、ご主人の犬になってあげるって」

大きくなったら、僕があなたの犬になってあげます。

坑道への侵入を試みる、前夜のことだ。あたたかな膝に抱えられ、指切りした。

忘れるなんて、できない。ふるえるロアのためにアドルファスが用意してくれた、甘い温葡萄酒の匂い。赤々と燃える焚き火と、大きな膝。あの日アドルファスが差し出してくれた小指の形も、ちゃんと覚えている。約束だと言って笑った、青い眼の色もだ。

「…あ、でも…、もう一つの、危ないことをしないって約束…。指切りしたのに守れなかったから、ご主人怒ってると、思います。でも僕、テッサでは駄目だったけど、騎士であるご主人をちゃんと守れるよう、一生懸命、武芸も覚えました。怪我をしないように頑張りますし、ご主人の犬になるっていう約束は、絶対、絶対守りますから、だから…」

だから、ここに置いて下さい。

そう続けようとしたロアの痩躯を、二本の腕が摑む。ひゃん、と鳴き声を上げる間もない。力任せに引き寄せられ、厚い胸板に鼻面がぶつかった。

「ご主…」

「駄目だ」

揺らぐことのない声に、目の前が暗くなる。どうして。耳に届いた言葉を信じたくなくて、ロアは悶えながら顎を押し上げた。

「嫌です、ぁ、僕…」

「俺の犬になるだけでは、駄目だ」

続けられた言葉に、息が詰まる。強い響きに、軋るような唸りが混ざった。

「俺の犬でい続けると、約束しろ」

ぎりぎりと奥歯を噛む音は、胸の奥が苦しくなるほど苦い。琥珀色の目を見開いたロアを、強い腕が締め上げた。

請う、力か。あるいは引き留め、この世界に繋ぎ止めようとする力かもしれない。骨が軋むほどのそれにさえ、艶やかな尾がはたはたと左右に揺れた。

「約束、してくれ」

犬になる、と。そして傍らにあり続ける、と、約束してくれ。

軋るような声が、求める。そんな声を出す必要が、どこにある。ロアの応えは、生まれてくる前から一つだと言うのに。

「勿論です。ご主人。ご主人！」

僕は、ご主人を愛で満たす運命の犬なのだ。陳腐だろうと、真実なのだから仕方がない。

頬を擦り寄せたロアに、噛みつくみたいな口づけが落ちる。これではどちらが犬か、分からない。

笑った唇へと、牙を剝いた男が深く沈んだ。


はっ、はっ、と早く短い息が床に落ちる。四つ足の、犬みたいだ。

恥ずかしいと思っても、息を噛んで堪えることはできない。くに、と尻の奥で指を曲げられ、高い声がもれてしまう。

「ご…」

ご主人、と呼びかけたいのに、言葉にならない。本当に、四つ足の犬になってしまったみたいだ。

「ひァ…」

ずぶ、と深く進んだ指の太さに、剝き出しの尻が強張る。

体を支えようと伸ばした右腕だけが、長椅子に乗り上げていた。アドルファスの、書斎ではない。客を迎えるための、広い居間だ。

明かりが消えた廊下で抱き竦められ、口づけられた。

それだけで、くらくらする。幸せすぎて尾が揺れてしまうのは、犬の性《さが》だ。嬉しくて、たくさんキスを返そうと頑張った。だがそんなことを考えていられたのは、わずかな間だけだ。深く舌に舌を絡めて舐め回されれば、すぐに立っていられなくなる。苦しくて頭を引くと、不服そうにアドルファスが唸った。

獣の、声だ。

唇を唾液で汚しながら見上げた男の眼は、文字通り獣のそれだった。

血の興奮は、異能の騎士から正気を奪う。動くものならなんでも殺すと、そう伝えられる言葉は誇張ではないのだ。

今日、王城の地下室でなにが起きたのか。閉ざされた扉の向こう側での出来事を、ヒューゴにさえ尋ねようとは思わなかった。剣を手にしたあのアドルファスの眼を見れば、想像がつくことだ。

自分が思い描いた通りの、いやもっとひどいことが起きていたとしても驚かない。

アドルファスは、結果として一人で地下から戻った。全身に血と怨嗟《えんさ》を浴びただろう男が、昂ぶっていないはずはない。自らの足で地下を出て、こうして帰宅できたことこそが驚きなのだ。たとえその眼がぎらつき、尋常ならざる光を宿していたとしても、アドルファスの自制心は驚嘆に値する。

そもそも異能の騎士が抱える衝動は、制御などできるものではない。ロアに触れてしまえば、尚更だ。

「っあ、ひゃ…」

厳つい二本の指が、ぐぷぷ、と音を立てて奥を掻き混ぜる。そうしながら首筋に甘く歯を立てられ、爪先に力が籠もった。

「んんぁ…」

四つん這いになった膝の下には、固い床がある。階段を上がり、寝室に辿り着くことはできなかった。今だって、すぐ隣にある長椅子に移動する余裕すらないのだ。冷たい廊下で、あのまま裸に剝かれていても不思議はなかった。むしろロアを半ば肩に担《かつ》ぎ、この居間まで移動したアドルファスの理性こそを讃えるべきか。

尤もこんな格好をして、理性もなにもあったものではないだろう。それでも尻に埋まるアドルファスの指は、この瞬間でさえ慎重だった。くに、と捏《こ》ねる動きで、腹側を狙って執拗に確かめられる。

「んん、ぁ、あ、あんまり、触、ちゃ…」

そんなに何度も、ぐりぐりしちゃ駄目だ。

訴えたいのに、揃えられた二本の指は同じ場所ばかりを揉んでくる。ふっくらと腫れぼったく感じる、そんな場所だ。太い指で転がすように圧迫されると、どっと首筋に汗が噴き出す。性器のつけ根近くが疼《うず》いて、半端に勃起した先端がひくついた。

気持ちがいいというより、少し怖い。この刺激を快感だと、脳味噌が認識しきれていないのか。腸壁越しにそこを圧迫されるだけでも苦しいのに、ぐにぐにと丸く転がされるとたまらない。歯列を噛み締めていられず、尾がばしん、とアドルファスの腕を打った。

「暴れるな」

遠慮のない手が、ぐ、と尻尾を摑む。

ひゃひん、と変な声がもれそうだ。低く、押し殺したアドルファスの声の響きにも背筋がふるえる。

恐ろしい、声だ。

本当は本能に任せ、怒鳴りつけてしまいたいのだろう。尻尾を掴む手だって、乱暴に握りそうになるのを懸命に堪えているのかもしれない。は、と獣じみた息を首筋に吹きかけられ、ロア自身の性器が薄い腹に当たる。

「あ…、だって、も…」

ごつごつしたアドルファスの指に掻き回された尻の穴は、もう十分にぬれてしまっている。

あんなにも厳つい指が、ちゃんと入るのか。皺を寄せる穴の表面を撫でられた時には、不安が勝った。だが犬の肉体は、ロアが思い描いていた以上に従順だ。あるいは相手が、アドルファスだからか。ずっぷりと指が沈む頃には、全身の関節がぐずぐずと力を失っていた。

「確かに、弛《ゆる》んではきたが」

言葉にすることで、アドルファス自身冷静さを保とうとしているのか。背骨に唇を落とした男が、ぐ、とロアの尻臀《しりたぶ》を掴んだ。

「あ…」

間近から、覗き込まれる。指が食い込むほど強く握られ、検分されているのだ。

そうしながら穴に埋まる指を左右に広げられると、充血した粘膜の色までが明らかになる。恥ずかしくて、脳味噌が煮えそうだ。痛いくらいに視線を注がれ、きゅうっと尻の穴が締まってしまう。

「ぬれてるな」

言葉で教えられ、ようやく解放された尻尾がうねった。もうすっかり、左右の耳は倒れてしまっている。尻だけを突き出してふるえるロアの穴から、ずるっと太い指が退いた。

「んぅ、は…」

ほっと、息を吐く余裕もない。

兄たちから与えられた資料には、性交に要する時間はどれぐらいだと書かれていただろう。瞬く間に終わることもあれば、大抵は鐘楼《しょうろう》の鐘が一つから二つ鳴るほどだとされていた気がする。この居間に足を踏み入れ、もう何回鐘が鳴っただろう。一つは確実に、鳴った気がする。だけどこの熱が終わる気配は、微塵も感じられなかった。

「…あ…」

習ったことと、なんだか色々違う。ばくばくと鳴る心臓のせいで、すでにぐったりと体が重い。どうにか長椅子に縋ろうとして、ロアは息を詰めた。

うっかり肩越しに振り返った視界に、アドルファスの股座が飛び込む。

脱ぎ捨てた外套の下には、元より上着を着込んでいなかったらしい。床に膝をついた男が上衣を毟り、ゆるめた下衣から陰茎を摑み出すのが見えた。

「っぁ…」

目を逸らさずいたことを、即座に後悔する。

節の高い指を持つアドルファスの手は、筋張って大きい。そんな手に握られれば、量感のある陰茎でさえいくらかちいさく見えるものだ。だがそうであるにも拘わらず、反り返った肉は太く逞しく目に映った。

率直に言って、怖いくらい大きい。

ほんの数日前、アドルファスの書斎で見た肉の形が脳裏に蘇る。あの時の陰茎は、やはり勃起していなかったのだ。

ごくん、と、思わず大きく喉が鳴る。雄々しく勃ち上がるアドルファスの陰茎は、張り出した鰓《えら》の形までを明らかにしていた。どっしりとした亀頭の形がいやらしくて、恐ろしいのにその色から目を逸らすことができない。

「舐めたそうな顔だな」

ロアの視線に気づいたアドルファスが、にた、と笑う。

くすみのない金髪の下で光る眼に、ふるえが湧いた。

僕のご主人は、こんな顔で笑う男だっただろうか。たじろぎそうになるが、同時にじん、と舌や下腹が痺れてしまう。

冷たく彫刻めいた横顔は、アドルファスが持つ顔の一つでしかない。理性をかなぐり捨てて血を浴びる顔や、今目の前で笑う獣の顔こそが、男の本質なのだろうか。

怖い。そう思うのに、逆らえない。くい、と指で招かれ、気がつけば床に両手を突き、アドルファスの元へと這い寄っていた。

「んぁ……」

四つ足で蹲る姿は、文字通り動物の犬だ。胡座《あぐら》の形に腰を落ち着けたアドルファスが、ロアの喉下をやさしくくすぐった。

「いいぞ。好きにしろ」

許可を与えられると、どっと口腔に唾液が湧く。

「あ…」

舐めたかったわけじゃない。頭ではそう思うのに、鼻先で揺すられた陰茎へと唇が沈んだ。

「んん、う…」

濃厚な匂いが、むっと鼻腔を塞ぐ。アドルファスの、匂いだ。体温であたためられたそれは、肌の匂いよりずっと生々しい。半開きの口で深く吸うと、頭の芯がくらくらした。

「んぅ、ぁ…」

とろりとあふれた唾液が、唇からこぼれてしまう。だけどそんなことに意識を向けていられず、ロアは腺液《せんえき》でぬれた裏筋へと鼻先を寄せた。

もう手で支えられていなくても、ずっしりとした陰茎は血管の形を明らかにしてそそり立っている。あ、と口を開いてみたが、上手く含みきれる自信はない。それでも口を開いたまま、ロアはつやっとした亀頭に舌を伸ばした。

「んぅ…」

ぺちょりと密着した、その熱さに鳥肌が立つ。

床の上を尾がうねり、耳裏の毛が逆立った。

口腔粘膜が、いかに敏感な器官であるかを思い知る。食事を取るための場所を使って直接味わうその質感に、んん、と喉の奥から声がもれた。

驚きと充足が交じる、恥ずかしい声だ。一緒に鼻から抜けたアドルファスの匂いに、尻尾ごと尻が揺れてしまう。

美味しいとは、世辞にも言えない。そのはずなのに、むっちりとした亀頭の舌触りに陶然《とうぜん》となる。そうでなくても、脳味噌に伝わる情報はアドルファスの匂いで一杯なのだ。含むのは難しいと思っていたはずなのに、気がつけば顎が弛んで懸命に口を開いていた。

「んんぅ、うん…」

亀頭の丸みに続き、張り出した鰓や皺が舌に当たるのが気持ちいい。そう、気持ちがいいのだ。意識するとぞわ、と乳首にまで刺激が走って、ロアは夢中で陰茎を頬張った。

「ふ…、んぅ、ん…」

次々とあふれてくる唾液とアドルファスの腺液を、上手く飲み下すことができない。喉の奥どころか下腹がじんと痺れて、射精してしまいそうだ。もぞ、と尾を揺すったロアの背中を、無骨な手がさすった。

「ん、ぅ、な…」

大きく指を広げ、肩胛骨《けんこうこつ》から肋骨を探られる。気持ちがよくて腰が上がってしまうが、果たしてそれは性感を煽《あお》る動きなのか。注がれる双眸の強さに、ロアは喉の奥で呻いた。

「本当に、傷は…」

低く絞られた声は、ロアに聞かせるためのものではなかったのか。頭上へと落ちたアドルファスの息に、唸りが混ざる。

「傷は全部、消えてるんだな…」

男が指す、傷とはなにか。それはロアが今日、地下室で身に受けたものではないのだろう。

五年前テッサで負い、ロアの命を脅かした傷だ。

あの日、矢を射かけられ石畳に打ちつけられたロアは、いくつもの傷を負った。裂かれた皮膚も肉も、無残な有り様だったに違いない。だが今は体中のどこにも、その痕跡は残っていなかった。

「んん、ぁ…」

かつて傷ついた場所を、一つずつ確かめようというのか。身を屈ませた男に肩口を探られ、ぶるるっと尾の先端がうねった。

「…なんで、今まで一言も言わなかった」

熱い息が、耳の被毛をくすぐる。薄い皮膚を歯で挟まれ、悲鳴の代わりに咽頭が締まった。

「ひァ、んふ、ぅうう…」

「俺のせいで散々な目に遭ったっていうのに、なんで一言も…」

繭から出て尚過去の記憶を携えているなら、何故今日までそれを黙っていたのか。なによりテッサでの出来事を憶えていながら、どうしてアドルファスを責めずにいたのかと、男は言うのだ。

「ぅあ…」

顎を支えて引き上げられると、ぬぽ、と水っぽい音を立てて太い肉が口からこぼれる。違う、と、訴えたいのに、顎も舌も満足に動かない。痺れきった舌から、とろ、と唾液が伝った。

「…っあ、お父さん、が…、自分からは、駄目、だって…」

「シュヴァイクが？」

　低さを増した声に、頷く。

「…僕が、忘れてても…、そうでなくても、ご主人から全部、話してくれないと…、駄目だ、って…」

　正確には、ロアに記憶があるなら引き取りたい、あるいは記憶がないから引き取りたいと、アドルファスがそう考えるならお前を任せられないと、養父は言ったのだ。

　気難しく皮肉屋な養父らしいといえば、あまりにも養父らしい。

　繭から出た後に懇願するまでもなく、養父はロアの飼い主としてアドルファスの名を挙げてくれた。ただし、一つだけ条件がある。アドルファスが自身の喜びのためにお前を飼うのではなく、苦痛を支払ってでもロアにつくす覚悟があるならば、その時はお前を預けよう。養父はそう、ロアに告げた。

「ぁ…、僕を、繭に入れてから…、ご主人は、僕を、引き取りたいって、一度もお父さんに、言わなかった、から、だから…」

　自分より犬を優先できない者には、お前を譲れない。

　出発するロアの首にあたたかな毛皮を巻きつけながら、養父は不機嫌そうにこぼした。

　今のお前をちゃんと見て、その上で過去のお前と折り合いがつけられないような男だったら、すぐに帰ってきなさい。そうロアに言い聞かせた養父は、まさか館に到着した途端、末っ子が返品を申し渡されるとは考えていなかっただろう。いや、そうした事態も想定した上で、式典を控えたアドルファスの元へ自分を送り出したのか。

「シュヴァイクの野郎…」

「ごめん、なさい…、僕は、ご主人の犬になれれば、どっちでも…」

アドルファスを試したいなんて、思ったことはない。養父の心配も分かるが、記憶があるなら飼ってもいいと、もしアドルファスがそう言ってくれるなら喜んで告白してしまいたかった。

「…謝るな」

苦く唸った男が、ロアの頭を摑む。あ、とぬれた声をもらしたロアを、冬の空の色をした双眸が見下ろした。

「お前こそ、…今もまだ、俺を選んでくれるのか？」

なにを、言っているのか。

とろけきった脳味噌のせいばかりでなく、アドルファスの言葉に目を見開く。分かりきったことだ。言葉より雄弁に尾が揺れて、ロアはこっくりと頷いた。

「は…」

はい、と音になりきる前に、二本の腕で引き寄せられる。躊躇のない口が、たった今までアドルファスの陰茎に口づけていた唇を塞いだ。

「んぁ…」

「ロア」

名前を呼んでくれた舌が、ぬぷ、と音を立てて口腔にもぐる。陰茎に比べれば体積で劣るが、ぬるりとした舌はひどく熱い。自分とも腺液とも違う唾液の味に、腹の奥が甘く痺れた。

「…あ、ご主人…」

口を開いてアドルファスの舌に吸いつくと、たまらなく気持ちがいい。すりつけているのは舌なのに、足の裏や乳首までがじんじんする。それはどこも、触られると耳が撥ねてしまう過敏な場所だ。ざらりとしたアドルファスの舌を自分の舌で感じると、声がもれる。もっと、気持ちよくなりたい。だけどその方法が分からずのたうった尾を、大きな手が摑んだ。

「んんぅ…」

「…いいか？」

荒い息に混ぜられた声は、問いではない。請うものでもなかった。

雄の官能を隠そうとしない誘いは、これから起こることを自覚させ、期待させるためのものだ。

ざわりと鳥肌が立って、尻込みしたくなる。だが犬の肉体は、本能を露《あら》わにした主人の前では日に晒された氷と同じだ。尻尾を撫でた手で尻穴を小突かれると、くぅん、と四つ足の犬みたいに鼻が鳴った。

「っ…、ぁ、ご…」

充血した穴が切なく疼いて、どうにかしてほしくて尻が上がる。それは計算づくの、手管《てくだ》ではない。逞しい手首に尾を絡めると、アドルファスが鋭い舌打ちをもらした。

「…くそッ」

押し殺した罵りは、やはりアドルファス自身に向けられたものなのか。荒々しい言葉は、冷静な主人らしくない。興奮の、せいなのか。アドルファスもまた、自制を欠いている。もしかしたら、ロアよりずっと。ざわりと鳥肌を立てたロアの背中へと、鍛えられた体軀が覆い被さった。

「…ん、ぁご主、人…」

「ちゃんと、尻尾を上げていろ」

言われるまでもなく、ふさふさとした被毛に包まれた尾が上を向いてしまう。裸に剝かれた、四つん這いの姿勢だ。尾を持ち上げると、ふっくらと充血した肛門は勿論、その下で腺液にまみれている陰嚢《いんのう》までも隠してはおけなくなる。ぶるっとふるえた尻臀を、大きな手が左右に開いた。

「ロア」

名前を呼ばれ、うねった尻尾が男の腹筋や腿にこすれる。それを握り直され声を上げた時、ぬれた穴へと陰茎が食い込んだ。

「ひァ、あ…」

口に含むのにさえ苦労した肉が、狭い肉の輪を押し広げてくる。みちみちと開かれる感触に、摑まれた尻尾がふるえた。

「ロア…」

唸りに近いアドルファスの声は、火のように熱い。被毛に包まれた耳と尾を持つロアより、その息遣いは余程獣じみてはいないか。ぞわりと首筋の産毛が逆立って、膝が崩れた。

だが尻尾を摑まれていては、腰を落とせない。そうでなくても、尻の穴に食い込んだ陰茎がそれを許さなかった。

「ッあぅ、んぅ…」

入ってくる。

ぬぶ、とぬれた音を立てて、太い亀頭が食い込んだ。圧迫感に、声が出る。あやす動きで、ずる、と握った尾を扱かれ、不意打ちのような性感が下腹を包んだ。

「ひぁっ、駄…」

実際尻尾を握る手に、握力はほとんど加わっていない。それなのに、摑んだ尾で尻を吊られているような錯覚がある。

尻を引いて逃げることも、腰を落として刺激をかわすこともできない。恥ずかしい場所を全部男の前に差し出して、味わわれている。性交の姿勢どころか、全てをアドルファスに支配されているみたいだ。

考えると、どろりと脳味噌が溶けそうだ。誰かに支配され、屈服させられるなんて辛い。心の底からそう思うのに、今自分を自由にするのがアドルファスだと考えると、どうしようもない高揚感が首筋を焼いた。

もう自分の脳味噌が、なにを快感だと判断しているのか理解できない。ずん、と体重を乗せて小突き上げられ、ゆるんだ唇から声がこぼれた。

「っあ、や…」

みっちりと、太い肉に拡げられているのが分かる。もうどのくらい、埋まってしまったのか。

尻尾はアドルファスの腹や胸に当たるが、剝き出しの尻に男の肌は密着していない。まだあの陰茎は、丈《たけ》を残しているのか。思わず振り返ろうとしたロアを、背後の男が揺すり上げた。

「あ…、ッ、ひ」

膨れた亀頭が、ごりりと腹側の一点を圧迫する。指で散々揉まれ、いじめられていたあの場所だ。怖くてぎゅっと穴を締めるが、限界まで拡げられた肉の輪はひくつくことしかできない。すべりを確かめるように前後に動いた陰茎が、今度はずるる、と大きく退いた。

「ひゃっ、んぅあ…」

鰓を持つ肉が、腸壁を満遍《まんべん》なく掻き上げる。挿入は浅くなったはずなのに、圧迫は去らない。へたり込みそうになった尻を、もう一度強い力で突き上げられた。

「い…」

目の前で、光が散る。

にゅぶ、と進んだ亀頭は、さっきまでよりきっと深い。腹側にある弱い場所を、血管が浮いた裏筋がごりごりと押し潰した。身構えようとすると、ぐ、と腹がへこんでしまう。だが筋肉が縮こまると、快感は逃げ場を失って溜まるばかりだ。縮こまった手や足先、下腹部にぞわぞわと気持ちのよさが留まって声が出た。

「んぁ、はっあぅ…」

四つ足の犬みたいに、開きっぱなしの口を閉じることができない。

不意に勢いをつけて突き入れられると、ロア自身の性器が撥ねる。ぽたぽたと床を汚す腺液には、精液が混ざっているかもしれない。両手で握って、粗相《そそう》を防ごうなど思いつきもしなかった。

「ご主、人…」

呼びかけようとしたロアの尻から、ぬぽっ、と陰茎が抜け出る。亀頭が肉の輪を越える感触に、ぶるるっと背筋がふるえる。あ、と思わずこぼれた声は、喪失を惜しむものだ。何故。振り返ろうと喘いだ痩軀を、大きな手が仰向けに転がした。

「ロア」

顳顬から汗を伝わせた男が、今度は正面からロアに伸しかかる。

まるで獲物に牙を立てる、四つ足の獣だ。尾を離れたアドルファスの手が、ロアの腿を大きく開く。骨に守られていない腹部は、誰にとっても急所だ。四つ足の犬ならば、仰向けに転がる体位は服従を意味する。無防備な姿は怖いはずなのに、気がつけば促されるまま逞しい腰を足の間に迎え入れていた。

「ぁ…、ご主…人…」

尻を押し上げられ、今度は目を覗き込まれながら陰茎を入れられる。先程までとは違う角度から亀頭が沈んで、捏ねられる刺激に顎が上がった。

「ひぁ、っう…」

目の奥で、何度もちいさな光が散る。

初めての性交なのに、こんなに気持ちがいいなんておかしいんじゃないか。犬、だからか。左の乳首に指を引っかけられると、ひゃ、と甘ったれた声が出た。だが同時に感じた鋭い痛みに、ロアが歯を食いしばる。

「っあ…、痛…」

とろけきった肉体は、今なら大抵の刺激を快感として受け止めるだろう。だがそうであっても、脇

・腹に走った痛みは鮮烈すぎた。思わず声を上げたロアに、アドルファスがぎくりと動きを止める。
「…ッ」

注意を怠るほど、興奮に呑まれていたのだ。加減なく脇腹を摑んだ自分に気づき、アドルファスが眼を見開く。

「ぁ待…！　違…」

体を、離そうとしたのか。身動いだ巨軀へ、ロアは咄嗟に尻尾を沿わせた。

「っ、ぁ…、大丈、夫…」

「そんなわけがあるか…！」

咆吼が、痩軀を打つ。やはりそこには、平素の落ち着きなど欠片もない。自らの声の険しさに気づき、アドルファスがはっと顔を顰《しか》めた。

「…くそ」

「本当、に…」

大丈夫だと、首を横に振る。

アドルファスが触れたのは、右の脇腹だ。地下室で兵士に撲たれたそこは、不穏な黄色と暗い青に変色し始めている。朝になればきっと、皮膚の下に赤黒い鬱血《うっけつ》が蜘蛛の巣のように広がるだろう。

「すまない…」

やめて下さい、そんな声。訴えようとしたロアの鼻先に、汗にぬれた鼻梁が重なった。

「…俺の側にお前を置けば、どうなるか分かっていたのに」

それは、どんな意味だ。喘いだロアの脇腹を、無骨な手がさすりたそうに動く。

唸りは、アドルファスの本音なのだろう。だが固い床の上で、ぴく、と茶色い耳が撥ねた。

「シュヴァイクの所にいれば、こんな目に遭うことはなかった」

「…ぁ、ご主、人…」

だから、なのか。

だから犬は飼わない、と。ロアが生きて繭を出たとシュヴァイクが知らせても、アドルファスが迎えに来ることはなかった。約束を忘れたわけでも、記憶のないロアが不要だったわけでもない。

傷つけることを、恐れたからか。自分の側におけば、トマスとの確執がいつロアに飛び火するとも限らない。そうでなくてもアドルファス自身、一度《ひとたび》剣を握れば正気を保てる保証はないのだ。ロアの身の安全を第一に考えるなら、最も遠ざけるべきはアドルファスという怪物に他ならなかった。

「また、守れなかった。俺はお前を…」

「違う…！」

声を上げて、遮二無二摑む。

驚き、息を詰められても止められなかった。逞しい首に両腕を回し、伸しかかる体軀にしがみつく。

「ロ…」

まさかこんな形で繋がりながら、がむしゃらに齧りつかれるとは思っていなかったのだろう。前のめりに崩れそうになった体を、頑丈な体幹が我に返って支え直した。

「ご主人が、いた、から…、今日だって…」

あの地下室で、そしてテッサで、ロアを救ったのはアドルファスだ。アドルファスがいなければ、攫われた自分は今頃どうなっていたか。血と悲鳴の坩堝《るつぼ》と化したテッサでも、アドルファスが自らの怪我を顧《かえり》みず馬を駆ってくれたからこそ命を繋ぐことができた。

今日だってそうだ。

理性のない怪物となることを、アドルファスは誰よりも忌《い》んでいた。年下の弟子であったトマスを、その父親の前で血の海に沈めることもだ。

アドルファスにとって、人間を引き裂くことはあまりに造作ない。だからこそ、男はそれを忌避《きひ》し剣を棄てたのだろう。その禁を破らせたのは、ロアだ。

「ごめん、なさい…」

ぎゅうっと両腕に力を入れるが、まるで足りない。尾で逞しい腿を叩くと、アドルファスがわずかに息を詰めるのが分かった。

「僕…、もっと、もっと強くなります。強くなって、ご主人が僕を…、心配しなくてすむ、ように…」

「聞け、ロア」

そんなことを、求めているわけではない。そう諭《さと》すつもりだったのか。肩をさすろうとした男に、ロアは強く首を横に振った。

「聞き、ません…！　今度は僕が…、ご主人を、守ります」

ロアを救い、その肉体から無残な傷と苦痛を取り去ってくれたのはアドルファスだ。それなのにこの瞬間も、アドルファス自身は癒えることのない傷口から真新しい血を流れるに任せている。

男が身に受けるべき罰など、なにもない。もうどんな苦痛も、二度とアドルファスを脅かすことがないように。ロアが再び、記憶を握り締めて目覚めたことに理由があるとすれば、きっとそのためだ。

「僕が、絶対…」

「ロア」

お前には無理だと、突き放されるのか。莫迦なことをと笑われて、終わりかもしれない。そうだとしても、譲れなかった。

アドルファスが、誰よりも強いことは知っている。自分がどれだけ鍛錬しても、恐らく男には追いつけない。それでも何物からも、アドルファスを守りたかった。

「くそ…ッ。お前はどうして…」

今夜は何度、口汚い罵りを耳にしたか。舌打ちと共に低く呻いた男が、ロアを掴む。引き剝がされる代わりに押さえつけられ、声がもれた。

「っ、ぁご…」

筋肉に覆われた巨軀が、体重をかけて伸しかかる。唸りを上げた獣が、飛びかかるのと同じだ。ばちん、と音が鳴るほど強く腰をぶつけられ、目の前で光が爆ぜた。

「あっ、ぁあー…」

一息に深くもぐられ、射精の瞬間にも似た性感が下腹を撲つ。鳥肌を伴うそれは、すぐに散ってはくれない。爪先まで伝播《でんぱ》したものが、ぞわりと足裏を甘く痺れさせた。

「つうぁ、あ…」

陰茎を含まされていた腸壁は、それだけで感度を増しているのか。腰を入れたまま突き上げられ、ごつ、と重いものが腹を撲つ衝撃が響いた。

「ひっァ、んぁ、そこ…っ」

これ以上奥になんか、入れない。そう思うほど深くまでもぐった陰茎が、ずるっと退く。鰓に掻き上げられる刺激に目尻が潤んで、嚙み締めていたはずの唇から涎《よだれ》が垂れた。

「頼りに、してる」

また、指切りしないとな。

鼻先へと擦りつけられたその声は、笑っていただろうか。わずかにふるえた響きを逃したくなくて、ロアはもがくように顎を上げた。

「ご主、人…」

アドルファスの口を、唇で追いかける。

強請る犬に、飼い主は寛大だ。あるいは犬に与えることこそが、主人の喜びなのか。口元を笑わせた男が、れろり、と大きくロアの舌を舐める。

「んん、ぁ、ふ…」

深く含まされた舌に、口腔どころか胸郭が溶け落ちてしまいそうだ。ぎゅうっと締まった肉の輪を掻き分けて、亀頭が奥を叩く。口腔も腹も、全てにみっちりとアドルファスの肉が詰まっていた。隙間なんて、ない。それでも足りなくて、ふるえる左右の足で頑丈な腰を引き寄せた。

「ぁ、ぐ…」

欲しがるまま、ずん、と深く腰を落とされる。苦しいのに、縋る力で目の前の男にしがみついた。

「好き…」

言葉になんか、するまでもない。分かっていても、こぼれてしまう。とめる術のないそれが、この身の全てだ。

「ご主人、…ぁ好…」

犬、だからじゃない。

いや、犬だからだっていい。

犬は、主人を愛するように造られた生き物だ。今ロアの内側にあるなにもかもが、人の手によって創り出された成果だと言われても仕方がなかった。だが仮にそうだとしても、これ以上の真実はない。それは繭のなかの死でさえ、ロアから奪えなかったものだ。

「大、好き…」

「っ…」

アドルファスが、なんと呻いたのか。被毛に包まれた耳をそばだて、確かめる必要はなかった。

鼻先にある双眸が、歪む。

笑うものでは、ない。それすら愛おしくて、尻尾が揺れた。

「ご主人…」

傷を残す瞼を、目元を、ぺろりと舐める。汗とは違う味に、知らず唇が解けた。

「大好き」

繰り返した唇に、咆吼が重なる。だけどどんなに吠えられたって、怖くなんかない。アドルファス自身、それが八つ当たりであることは分かっているはずだ。唸る男に唇へと噛みつかれ、ロアは幸福な笑い声を上げた。


「つまらないものですが、どうぞお召し上がり下さい」

深々と頭を下げて、白い鉢を差し出す。盛られているのは、茹でた鶏肉だ。味つけをしていないそれは、料理と呼ぶには簡素すぎるかもしれない。だがふっくらとした身は肉厚で、美味しそうだ。なんといっても、少ししか焦げていない点が素晴らしい。

「なかなか上手くできたと思います。どうですか？　セブ先輩」

期待を込めたロアの目の前で、セブが勢いよく肉へとかぶりつく。がつがつと咀嚼する様子に、ほっとすると同時にロアは改めて頭を下げた。

「このたびは大変ご迷惑をおかけしました。…ヒューゴさんにも、こってり叱られました」

お小言を喰らって、当然だ。

つい先程までこの居間を訪ねてくれていた男の顔を思い出し、ロアが深い息を吐く。

「ヒューゴさん、少し痩せてました」

激務続きだったというヒューゴは、ここ数日文字通り寝食を忘れていたらしい。だがその尽力もあり、ルーリグの勝利を記念する式典は無事執り行われた。

四日前のことだ。

五年目の節目を祝う式典は、盛大なものであったらしい。王都全体が湧いていたが、結果としてロアはそれに出席しなかった。

「お前も少し、痩せたな」

不機嫌そうな声が、長椅子から響く。大柄な体を椅子に預けた男が、じっとロアとセブの遣り取りを眺めていた。

「そうですか？」

自覚はないが、もしかしたらそうかもしれない。薄い腹を見下ろしたロアを、アドルファスが手で招いた。

来い、と呼ばれ、無視できる犬はいない。男が座るのが、日差しを浴びるあたたかな長椅子となれば尚更だ。

「僕が痩せたとしても、それはヒューゴさんがやつれた理由とは似ても似つかな…」

「あいつのことは、どうでもいい」

冷ややかに斬り捨てたアドルファスが、長椅子の前に立ったロアの腕を引く。当然のように足の間へと抱えられ、背中に厚い胸板が当たった。

「どうでもいいってことは、ないです。ヒューゴさんが、式典を始め色々引き受けてくれたから、ご主人もこうして今日、お休みが取れました」

尤も休みとは言うものの、昨日出仕したアドルファスが帰宅したのはつい今朝方のことだ。

式典の開催に際し、その内幕では少なくない混乱が生じた。当然だろう。式典の中心的な人物であったトマス王が、急逝《きゅうせい》したのだ。

トマス王の死は、式典においてヨーゼフの口から発表された。理由は、不慮の事故だ。

劇場を襲った者たちが王都を脱するとの報《しら》せを受け、王自らがこの討伐を指揮した。再び剣を取ったアドルファスと共に見事これを討ち取ったが、その帰路で事故に遭ったというものだ。

言うまでもなく、それは事実とはかけ離れている。玉座にあった男が無実の家臣を陥れようとして、結果薄暗い地下室で首を失った。それこそが真実だったが、息子から王冠を取り戻したヨーゼフは違う筋書きを選んだ。

トマスや自分の名声を守ろうとした結果だとは、思わない。ヨーゼフが守ろうとしたのは、あくまでもルーリグだろう。この五年で目覚ましい復興を遂げたとはいえ、全ての憂いが消えたわけではない。玉座を巡る混乱を伏せ、ヨーゼフは統治に綻びがないことを知らしめる道を選んだ。

国民も、若い王を見舞った悲劇を受け入れているらしい。やや現実から乖離《かいり》した言い訳に思えたが、民たちはトマス王の死以上にヨーゼフの王座への復帰と帯剣したアドルファスに歓喜した。

「ヒューゴの尽力には感謝している。だが忙しいと言いながら、わざわざここまで報告に来るのはお前の顔を見たいがためだ」

舌打ちをしたアドルファスが、円卓に置かれた盆を引き寄せる。銀の盆から男が手に取ったのは、先日来使用人たちがロアに用いてくれていたうつくしいブラシだ。

聞くところによると、これはアドルファスが注文してくれた品だったらしい。もうそれを隠す気をなくした男が、ロアの髪へとブラシを入れた。

アドルファスは罵るが、式典に際してのヒューゴの働きは相当なものだ。

本来であればアドルファスこそが、眠る間も惜しんで飛び回っていたことだろう。だがそれが難しかった男に代わり、ヒューゴがいくつかの職務を援護してくれていた。

混乱の渦中《かちゅう》にあって、アドルファスが陣頭に立てなかった理由は一つだけ。アドルファス自身が、当事者の一人であっただけではない。興奮に呑まれるまま、地下室を出た夜以来この館で昼夜の別なくロアと繋がっていたせいだ。

腹を空かせたセブがきゅうきゅう鳴いても、すぐには気づけなかった。セブを救ったのは、騒動の翌日ロアの様子を確かめに来てくれたヒューゴだ。

「ヒューゴさん、やさしいです」

心からの賛辞に、ブラシを手にした男が眼を細める。ぎくりとして振り返ろうとしたロアの首筋に、並びのよい歯が当たった。

「ご主…！」

白いうなじに齧りつかれ、思わずわひゃん、と声が上がる。

「確かに、いまだ首輪の一つも贈れていない俺は、やさしい男ではないだろうな」

声だけは平坦に、アドルファスが白い首筋へと歯形を残した。

これではどちらが犬か、本当に分からない。そもそも僕のご主人って、こんなに厄介な人でしたっけ。思わず首を傾げそうになるが、それ以上に首輪、という言葉の威力は絶大だ。ぴんと耳を立てたロアに、アドルファスがもう一度口を押し当てた。

「なにも俺は、お前を首輪で繋いで当然だとは思わないが」

「ほしいです、首輪…！」

遠慮という言葉を知らないのかと、兄のオペラに呆れられてしまいそうだ。だが、誘惑には勝てない。薄い耳を囓ろうとしていた男を、ロアは琥珀色の目で振り返った。

「勿論、フランチェスカやセブ先輩みたいに、あんな豪華なものじゃなくていいです。革の紐とかだって…」

トマス王の飼い犬であったフランチェスカは、いまだ王城で暮らしているらしい。愛玩犬としてではなく話し相手として、ヨーゼフの庇護下に置かれているという。

主人を喪《うしな》った犬にとって、安心できる住処《すみか》を得られるのは幸いなことだ。嬉しいことに、足の怪我もすっかりよくなったらしい。だがトマスを喪ったフランチェスカの悲嘆は、一朝一夕では癒えはしないだろう。どんな人物であれ、フランチェスカにとってトマスはただ一人の飼い主だったのだ。

「セブの首輪？」

ロアの髪を梳《くしけず》ったアドルファスが、灰色の愛犬を見る。夢中で肉を食べるその首には、革と金属を組み合わせた太い首輪が巻かれていた。

「はい！　メダルも、ご主人の紋章が入って格好いいです」

「…お前、気づいてたのか？」

アドルファスの声に、訝る響きが滲む。それは、メダルの柄を指すものではないだろう。鶏肉にかぶりついていたセブが、唸る主人をちらりと見た。

「メダルに、石が嵌まってることですか？　さすがセブ先輩。ご主人からの信望の厚さに痺れます」

灰色の闘犬の首に光る、メダル。一見するとそれは、所有者を示すただの金属の飾に見えた。だが手に取って確かめれば、二重になったその金属の内側に小石が埋められていることに気づくだろう。

平凡な灰色をした、この世で最も高価な屑石。

それが太陽の小石と呼ばれるものであることを、ロアは一目で理解した。

「いつ、気づいた」

低く問われ、ロアが首を傾げる。

「何日か前です。首輪を羨ましがったら、セブ先輩が見せてくれたんです」

確か、厨房でセブに屑肉を振る舞った時のことだ。セブが与えようとしてくれた首輪の仕掛けを悟り、尻尾の毛が逆立つほど驚いた。

「…くそ」

自らを罵ったアドルファスが、掌に額を埋める。その眼がぎろりとセブを見たが、腹がくちくなった闘犬は、今は主人を恐れる気分ではないらしい。短い尾を揺らしながら、空になった皿を機嫌よく舐めている。

「トマス王がいくら探しても、見つからないはずです。セブ先輩が守ってたら誰も手を出せません」

「お前の手は、噛みちぎらなかったらしいがな」

　メダルに触る者は即座に嚙み殺せと、セブはそう訓練されているのか。メダルを手に取れなければ、そこに石があることに気づける者はまずいないだろう。

「セブ先輩は悪くないです。新入りの僕に気を遣って、それで…」

「あいつもお前に、いい顔をしたかったんだろう」

　ヒューゴといい、どいつもこいつも。歯の隙間から唸りをもらしたアドルファスが、なめらかなロアの耳をがじりと囓った。

「セブが余計な世話を焼かずにすむよう、次に時間が取れたらお前の首輪を見に行くか」

「本当ですか!?」

　声より先に、アドルファスにいじられた耳がぴんと撥ねる。ロアの喜びようが予想以上だったのか、男がちいさく笑った。

　見逃してしまうほど些細な、表情の変化かもしれない。だが氷の色をした眼に滲むのは、間違いなく笑みだ。あの地下室から戻った夜以来、アドルファスは以前よりもよく笑うようになった気がする。

「指切りでもするか？」

　右の小指を差し出されれば、迷う理由はない。大きく体を捻り、ロアは厳つい小指に自分の小指を絡ませた。

「約束です！　ご主人」

　ぶんぶんと、揺れる尻尾がアドルファスの腹や腿を叩いてしまう。

　式典が終わったとはいえ、アドルファスが多忙であることに変わりない。むしろ最も騒然としていた二日近くを屋敷に籠もってすごしたせいで、男の前には片づけるべき案件が山のように積み上がっていると聞く。それらが片づいても、全てが解決したとは言えないのだ。

民も元老院もヨーゼフの戴冠を歓迎したが、それはあくまでも一時凌《しの》ぎにすぎない。いずれは再び、後継者について決断を迫られる日がくるだろう。時間稼ぎにすぎないと分かった上で、ヨーゼフは玉座に返り咲くことを決めたのだ。

それ以外にも、取り組むべき問題はあまりにも多い。アドルファスが再び剣を取るなら、尚更だろう。そうした諸々に比べてしまえば、ロアの首輪など全く取るに足らない事柄だ。

アドルファスが、本当に自分と一緒に出かけてくれるのか。いつ、首輪を買い与えてくれるのか。それは分からない。だが明日、あるいは一年後に首輪を得られなかったとしても、落胆することはないだろう。

約束は、小指に宿っている。ロアがロアである限り、飼い主との約束は決して消えることがないのだ。

「セブの首輪より、よっぽど上等なのを選んでやる」

真顔で約束したアドルファスが、華奢な小指に唇を落とす。

「さすがにそれは困ります。でもご主人が選んでくれるものなら、どんな首輪だってお父さんに自慢できます」

散々迎えを頼んでおきながら、結局ロアが王都に残ることになったと伝えられても、養父は驚かなかったそうだ。全ては、予測した通りだったということか。そうだとしても、さすがに呆れているはずだ。そんな養父を安心させるためにも、アドルファスから与えられた首輪を見せられたらどんなに嬉しいか。そう考え、ロアはちいさく声を上げた。

「そうだ。自慢っていえば…」

「なんだ」

「ご主人からも、ヒューゴさんに言ってやって下さい。僕、すごかったって」

「なにがだ」

尋ねられ、ロアが唇を引き結ぶ。

そんなもの、決まっているではないか。

「夜がです」

がちゃん、と居間の床で固い音が鳴る。鉢を咥《くわ》えてお代わりを所望しようとしたセブが、陶器のそれを取り落としたのだ。

「……ヒューゴの奴が、お前の夜がどうすごいか自分にも試させろと言いやがったのか？」

ロアの訴えをどう聞けば、そうなるのか。低い声で尋ね返した男に、ロアは大きく首を横に振った。

「違います。結局夜はどうだったんだって心配してくれたから、僕、ちゃんと答えたんです」

答えたとは、どう。

ヒューゴへの疑念を払拭《ふっしょく》しきれていない眼で、アドルファスが訝る。呑み込みの悪い主人に、ロアは薄い胸を聳《そび》やかした。

「だから勿論、ご主人を泣かせてやりました、って」

ヒューゴはアドルファスの性器がへし折られてはいまいかと、本気で心配していたのだろう。

失敬な。さすがのロアも、そこまで駄目犬ではない。むしろシュヴァイク博士が手がけた、最高の犬なのだ。大好きなご主人の一人や二人、泣かせられなくてなんとする。

「ご主人のご主人様も折れたりしていない、って。僕嘘なんかついてないのに、それなのにヒューゴさんはなんだかかわいそうな仔犬を見るような目で、僕の頭を撫でたんです」

頭を撫でられたことは、正直嬉しい。だけどあれは絶対、ロアの言葉を信じていなかった。子供が見栄なんか張る必要ないんだぜ。そう言いたげだったヒューゴに、セブよろしく嚙みついてやればよかっただろうか。

「悔しいです」

「…そいつは確かに許せんな」

さすがご主人。ことの重大さを理解してくれましたか。顎に手をやったアドルファスが、深く唸ると手にしたブラシを盆へと戻した。

「分かってもらえて嬉しいです。ご主人からヒューゴさんにきっちり僕の働きのすごさを伝えて下さい」

次に会ったら、さすがアドルファスの愛犬だと褒め讃えてもらわなければ。思い描き、ふすんと鼻を鳴らしたロアの旋毛に、唇が落ちる。鳩尾をくすぐった手が、大きく揺れた尻尾を摑んだ。

「え…？」

毛の流れに沿ってずるりと撫でられると、肩が竦む。ふむ、と響きだけは生真面目に唸った男の口が、倒れてしまった耳を囓った。

「セブだヒューゴだうるせえ…、いや、親切な友人に、お前の有能さをありのまま伝えるのは、確かに大切なことだな」

　やたらと嫉妬深い罵りが聞こえた気がするが、気のせいか。頷いたアドルファスが、今度は毛の流れに逆らって尻尾のつけ根を掻いてくる。途端にぞわりと全身の産毛が逆立って、ロアは爪先をばたつかせた。

「っあ、ご…」

「もう一度泣かせてもらえれば、より正確にお前の実力を伝えられると思うがどうだ」

　確かにそうかもしれないです、と、首を縦に振りたくなる。だがこの何日かで、ロアの夜のすごさは十分すぎるほど発揮されたはずだ。あれでは足りなかったのかと訴えようとした唇に、アドルファスの口が落ちる。

「俺も愛犬家らしく務めを果たし、お前をしっかり泣かせてやりたいと思う」

　れろ、と大きく舐められ、ロアは琥珀色の目を見開いた。

「そ、そういうのは必要な…」

　ご主人は、すっかり犬嫌いの肩書きを返上したつもりらしい。

　だが愛犬家として、果たしてその飼育姿勢は正しいのだろうか。大きな掌が尾を撫でて、尻の割れ目をくすぐってくる。

　唇へと擦り寄せられた男の口へ、ロアはわひゃんと吠える代わりに齧りついた。

あとがき

この度は『お手《て》をどうぞ、ご主人様《しゅじんさま》―冷血騎士《れいけつきし》は無垢《むく》な忠犬《ちゅうけん》を愛《あい》しすぎている―』をお手に取って下さいまして、ありがとうございました。

　エロいことをされるのがお役目なケモミミわんこ（受）が、ご主人様の愛玩犬目指して奮闘する…という、相変わらずけしからん内容の本ですが、理不尽な立場にある受君の頭のなかはご主人様一色。日々元気にご主人を籠絡《ろうらく》すべくアレコレ頑張っていますので、安心して（？）広いお心でお読み頂けますと嬉《うれ》しいです。


　今回も詰め襟《えり》な素敵な表紙に挿絵、そして可愛《かわい》い四コマまで描いて下さった香坂《こうさか》さん、本当にありがとうございました！　仔犬君の可愛さたるや！　風呂敷のなかは旅のおやつかと思いきや、なかなか戦闘能力が高くて驚きです。無事就職でき一安心ですが、ご主人様はこんな抱き枕と一緒で安眠できるのか、とても心配です（笑）。私も絵本を読んでほしい…！

　今回もスタートからゴールまで無理なお願いを笑顔でお引き受け下さったなお様。なお様なくしては絶対に完成しませんでした。そして毎回、びっくりするほど辛抱強くおつき合い下さる編集者M様。M様から学ばせて頂くことばかりで、我が身を振り返って恥じ入るばかりですが、感謝の気持ちで一杯です。本当にありがとうございました…！

ケモミミな受君も初めてなら、攻のことを（性的な意味でも）大好き！　な受君を書くのも初めてで、４Ｐ、獣姦に続き、意外な形でまた新たな山を登らせて頂くことができ感無量です。そんな山はもっと早く登っとけよとのお声もあるかと存じますが、人生には色んな山と谷、そして沼があるのです（多分きっと）。

最後になりましたが、この本をお手に取って下さいました皆様に心からお礼申し上げます。愛犬家であることを隠す必要がなくなり、お前は受わんこの番犬かよ!?　な勢いで拗《こじ》らせていたものを爆発させるモンペご主人様と、マイペースな愛され仔わんこ君のその後など、また書かせて頂く機会を頂戴できましたらこれ以上嬉しいことはありません。是非《ぜひ》応援してやって下さい。ご感想などお聞かせ頂けましたら、飛び上がって喜びます。またどこかでお目にかかれる機会がありますように。最後までおつき合い下さいましてありがとうございました。

篠《しの》崎《ざき》一《ひと》夜《よ》

香坂さんと共同で、活動状況をお知らせするサイトを制作頂いています。よろしければお立ち寄り下さい。http://sadistic-mode.or.tv/（サディスティック・モード・ウェブ）

香坂 透
Illustration by Tohru Kousaka

A cold-blooded knight
loves an innocent loyal dog

仔犬の就活 1

なんというか…
まったくそんな
特技があるようには
見えないんだが
フフフ…
「能ある犬はツメを隠す」
ですよご主人
どんなご要望も
お任せください！
もそ
もそ
すごい
知識量!!
※エアプ
いろんな
道具!!
※偏ってる
今すぐ
お試しあれ!!
…努力は
分かった
とりあえず
採用で
ナデナデ
きゃーん
きゃーん
あああありがとう
ございますご主人
返品しないでくれ
て〜〜〜〜!!
で縛るのと
縛られるのと
どっちがお好み
ですかっ!?
いやそれは
いいから
抱き枕から
始めよう

仔犬の就活 2

✤END✤

LYNX ROMANCE

小説原稿募集

リンクスロマンスではオリジナル作品の原稿を随時募集いたします。

募集作品

リンクスロマンスの読者を対象にした商業誌未発表のオリジナル作品。
（商業誌未発表のオリジナル作品であれば、同人誌・サイト発表作も受付可）

募集要項

＜応募資格＞

年齢・性別・プロ・アマ問いません。

＜原稿枚数＞

４５文字×１７行（１枚）の縦書き原稿、２００枚以上２４０枚以内。
※印刷形式は自由。ただしＡ４用紙を使用のこと。
※手書き、感熱紙不可。
※原稿には必ずノンブル（通し番号）を入れてください。

＜応募上の注意＞

◆原稿の１枚目には、作品のタイトル、ペンネーム、住所、氏名、年齢、電話番号、メールアドレス、投稿（掲載）歴を添付してください。
◆２枚目には、作品のあらすじ（４００字～８００字程度）を添付してください。
◆未完の作品（続きものなど）、他誌との二重投稿作品は受付不可です。
◆原稿は返却いたしませんので、必要な方はコピー等の控えをお取りください。
◆１作品につき、ひとつの封筒でご応募ください。

＜採用のお知らせ＞

◆採用の場合のみ、原稿到着後６カ月以内に編集部よりご連絡いたします。
◆優れた作品は、リンクスロマンスより発行させていただきます。
原稿料は、当社既定の印税でのお支払いになります。
◆選考に関するお電話やメールでのお問い合わせはご遠慮ください。

宛先

〒151-0051
東京都渋谷区千駄ヶ谷４−９−７
株式会社　幻冬舎コミックス
「リンクスロマンス　小説原稿募集」係

LYNX ROMANCE

イラストレーター募集

リンクスロマンスでは、イラストレーターを随時募集いたします。

リンクスロマンスから任意の作品を選び、作品に合わせた
模写ではないオリジナルのイラスト（下記各1点以上）を描いてご応募ください。
モノクロイラストは、新書の挿絵箇所以外でも構いませんので、
好きなシーンを選んで描いてください。

1 表紙用 カラーイラスト

2 モノクロイラスト（人物全身・背景の入ったもの）

3 モノクロイラスト（人物アップ）

4 モノクロイラスト（キス・Hシーン）

募集要項

＜応募資格＞

年齢・性別・プロ・アマ問いません。

＜原稿のサイズおよび形式＞

◆Ａ４またはＢ４サイズの市販の原稿用紙を使用してください。
◆データ原稿の場合は、Photoshop（Ver.5.0 以降）形式でＣＤ－Ｒに保存し、出力見本をつけてご応募ください。

＜応募上の注意＞

◆応募イラストの元としたリンクスロマンスのタイトル、あなたの住所、氏名、ペンネーム、年齢、電話番号、メールアドレス、投稿歴、受賞歴を記載した紙を添付してください（書式自由）。
◆作品返却を希望する場合は、応募封筒の表に「返却希望」と明記し、返却希望先の住所・氏名を記入して返送分の切手を貼った返信用封筒を同封してください。

＜採用のお知らせ＞

◆採用の場合のみ、６カ月以内に編集部よりご連絡いたします。
◆選考に関するお電話やメールでのお問い合わせはご遠慮ください。

宛先

〒151-0051 東京都渋谷区千駄ヶ谷 4－9－7
株式会社　幻冬舎コミックス
「リンクスロマンス　イラストレーター募集」係

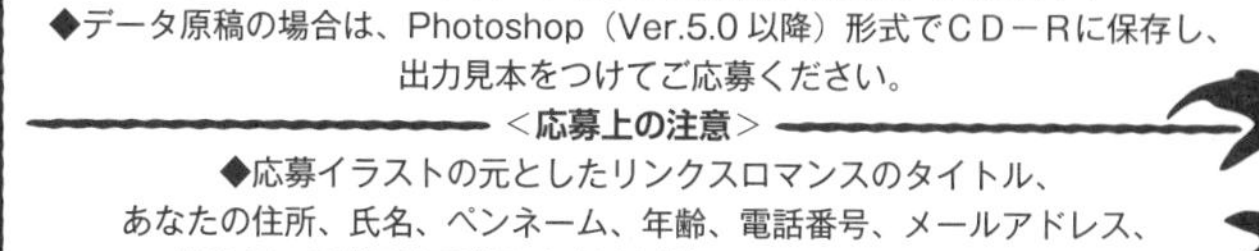

この本を読んでの
ご意見・ご感想を
お寄せ下さい。

〒151-0051
東京都渋谷区千駄ヶ谷4-9-7
(株)幻冬舎コミックス　リンクス編集部
「篠《しの》崎《ざき》一《ひと》夜《よ》先生」係／「香《こう》坂《さか》 透《とおる》先生」係

リンクスロマンス

お手をどうぞ、ご主人様 ー冷血騎士は無垢な忠犬を愛しすぎているー

2023年2月28日　第1刷発行

著者……………篠《しの》崎《ざき》一《ひと》夜《よ》
発行人…………石原正康
発行元…………株式会社　幻冬舎コミックス
〒151-0051　東京都渋谷区千駄ヶ谷4-9-7
TEL 03-5411-6431（編集）
発売元…………株式会社　幻冬舎
〒151-0051　東京都渋谷区千駄ヶ谷4-9-7
TEL 03-5411-6222（営業）
振替00120-8-767643
印刷・製本所…株式会社　光邦
検印廃止

ISBN978-4-344-85194-8　C0293
Printed in Japan

幻冬舎コミックスホームページ　https://www.gentosha-comics.net